百合と悪党

和泉　桂

幻冬舎ルチル文庫

CONTENTS ✦目次✦

✦カバーデザイン＝吉野知栄（CoCo.Design）
✦ブックデザイン＝まるか工房

イラスト・花小時朔衣✦

百合と悪党

1

小鳥の囀《さえず》る声が、微《かす》かに耳に届く。

それから、分厚い樫《かし》のドアをノックする音。

豊かな金髪を亜麻《あま》の白いピローケースの上に無造作に散らしていたジル・アルノーは、ゆっくりと瞬《まばた》きをした。

また、朝が来てしまったのか。

天蓋《てんがい》つきの寝台に横たわっていたジルは欠伸《あくび》を一つすると、上半身だけを起こす。

「坊ちゃま」

ノックの音のあとに、か弱い声が聞こえてきた。

廊下にいるのは、ジルの生活のいっさいを取り仕切る、小間使いのサビーヌだ。

「坊ちゃま、起きてらっしゃいますか」

「起きてなければ返事できないだろ」

ジルの口調に起き抜けから機嫌が悪いと悟ったらしく、「開けてよろしいですか」と彼女がドアの向こうで遠慮がちに尋ねる。

「僕を餓死させるつもり？」

恐る恐るという調子でドアが開き、天蓋から下げられた青いカーテンの隙間《すきま》を広げ、サビーヌが赤毛の頭を突っ込んできた。

黒いベルベットの服に、白いエプロン。

十五歳のジルより三つは年上のはずなのに、赤毛で雀斑《そばかす》の目立つ小柄な少女はいつまで経《た》っても垢《あか》抜けず、そして鈍い。その証《あかし》にしょっちゅう食器を割っては、ジルを苛立《いらだ》たせていた。

どこにでもいる、何の変哲もない小間使いそのものだろう。一つ問題があれば、彼女が病的にそそっかしく不器用な点くらいだ。

「あの……すみません、朝食です」

「起きてから準備してって言ったじゃないか。紅茶が冷める」

突き放すようなジルの言葉に、サビーヌは見るからに蒼《あお》くなった。

弟妹が四人いるというサビーヌは、住み込みで食事も保証された小間使いの仕事を失うわけにはいかない。

気立ては悪くないと思うが、小間使いには不向きだ。サビーヌの亡くなった伯父《おじ》が祖母のお気に入りの従僕でなければ、とっくにくびになっているだろう。

「すみません、坊ちゃまは猫舌だから少し冷めていたほうがいいと……」

「限度があるんだよ」

そういえばそんなことを言ったと思い出したが、今日は熱い紅茶がいいのだから仕方がない。気の利かないサビーヌに対して、ジルは苛立ちを募らせる一方だった。

「今すぐあたためてきます」

「もう、いい。遅れちゃうし、お腹空《なかす》いてるから早く用意してよ」

ふんとジルは鼻を鳴らし、ベッドの上に朝食を運ばせる。

こうしてサビーヌを叱《しか》り飛ばすと、朝から不愉快になってくる。

小間使いのちょっとした振る舞いでも神経をささくれ立たせてしまう、自分の余裕のなさ。それが嫌でたまらない。

とはいえサビーヌに優しくしたりすれば、おどおどと阿《おもね》るような目で見られるのがおちだ。それもまた不快でならないのだ。

サビーヌがカーテンを開け、部屋全体が仄《ほの》かな緑色に包まれる。蔦《つた》の意匠の壁紙は、ジルのお気に入りだった。

漸《よう》く、気持ちが少しだけ切り替わった。

空腹だったのですぐさま朝食を片づけたジルは、制服やらお湯やらを用意していたサビーヌに「髪を梳《と》いて」と命じた。

「はい」

サビーヌは俯《うつむ》き、マホガニーのサイドテーブルの上に置かれていたブラシに手を伸ばす。

優美な装飾がついたブラシを手に、彼女はそれでジルの金髪を梳かし始めた。

「痛ッ」

肩まである金髪が途中で絡《から》まっているのだが、それを解《ほど》くために引っ張られたのがひどく痛い。顔をしかめ、ジルは思わず相手を押し退《の》ける。

「も、申し訳ありません！」

「気をつけてよ、痛いじゃないか」

「すみません。ジル様の御髪《おぐし》はとても美しいのですが、細くて絡まりやすいのです」

「わかっていたら、気を遣えばいいだけだろ」

意地悪く言ってのけたジルがわざわざ顧みて彼女を睨《にら》んだところで、戸口から小さな咳払《せきばら》いが聞こえた。

「おはようございます、ジル様」

「……ヴァレリー」

顔を向けなくても誰かはわかるのだが、つい、惹《ひ》かれるようにそちらに目を向けてしまう。

執事は基本的にノックをしないで主《あるじ》の部屋に出入りする権利を持つ。

慇懃《いんぎん》無礼を絵に描いたような男の出現に、ジルは自分の心臓がぎゅっと縮んだような錯覚に囚《とら》われた。

ジルはその感情をさっと追い払い、毅然《きぜん》としてヴァレリー・ベルニエを見つめた。

黒髪に灰色がかった目はジルから逸《そ》らされることがない。

ヴァレリーの顔立ちは端整だがそれが行きすぎれば冷ややかな印象しかなく、片眼鏡《モノクル》がインテリを気取っているようで癪《しゃく》に障《さわ》る。

実際、彼はその明晰《めいせき》な頭脳で知られていたし、弁護士としての才能もあったらしい。

なのに、やはり執事だった父亡きあとにアルノー家に入ったのは、どういう心境なのか。

ジルとしても不思議でならなかった。

その美しさと男らしさが同居する彫りの深い顔立ちで、社交場に顔を出せば女性たちを騒がせるそうだ。しかし、彼は社交にはあまり興味がないようで、その関心はもっぱらアルノー家の維持に向けられていた。

「礼儀作法に厳しいはずのあなたが、食事中に踏み込むなんてどうかしてる」

「食事は終わっていると見受けられましたが」

何とか攻勢に転じようとしたが、口でヴァレリーに敵《かな》うわけもない。そうでなくとも彼は、ジルより十は年上なのだ。

低い美声で淡々とジルをやり込め、ヴァレリーは凍《い》てついた双眸《そうぼう》でジルを見据えた。

「早く支度《したく》を終えてください。このままでは学校へ間に合わなくなる」

常にそばに仕える年上の男に対して、ジルは常日頃から不満ばかりを抱《いだ》いている。

それもこれも、ヴァレリーがこんなに美しくなければよかったのかもしれない。

神経質で辛辣《しんらつ》な男は見た目も完璧で、非の打ちどころがない。

外見ばかりが美しく天使のようだと喩《たと》えられるものの、それだけしか取り柄のないジルとは、根本的に違っていた。

「……はーい」

「下品ですよ。もう少しはきはきしゃべってください」

ヴァレリーはジルをその切れ長の目で一瞥《いちべつ》した。彼に不満があるのは、その冷えた目つきが明白に示している。

それでもヴァレリーは無言で退室したので、ジルはのろのろと支度を再開した。

顔を洗い、サビーヌに手伝わせて制服のシャツとズボンを身につける。

その頃合いを見計らって、ヴァレリーが再びジルの部屋に戻ってきた。

「では、マリー様にご挨拶を。それから、通学の時間です」

ジルのたった一人の家族で、この家を取り仕切る祖母は、ヴァレリーを大いに買っている。

ジルがどれほどヴァレリーに対する悪口を言ったところで、彼女が信頼するのは執事のほうだ。従って、この家から彼を追い出すことはできなかった。

「つまらない、毎日勉強ばかりして」

「一応は大学へ行くのでしょう?」

「……うん」

「でしたら、勉学も大事です。あなたのいいところはその天使のような顔だけで、わがままで甘ったれで、勉強もできずにいいところは一つもないのですから」

嫌みなやつだ。

朝からお説教として自分の欠点を羅列されて、ジルは顔をしかめた。

まさに慇懃無礼。普通の使用人には許されないことだが、相手が自分を幼い頃からよく知っているヴァレリーなので致し方がない話だった。

「それがおわかりなら、早く学校へ行く支度をなさい」

「はーい」

ぎろりとヴァレリーに睨まれたので、ジルは渋々「はい」と言い直した。

食事は終えていたので、最後に自室でジルを待っている祖母に挨拶する必要があった。

事故で早くに息子夫婦を失った祖母のマリー・アルノーは、たった一人の親族であるジルを束縛するのが唯一の楽しみらしい。

祖母はジルを寄宿学校に入れて悪い遊びを覚えさせるのを危惧《きぐ》し、結局、家からブルジョワの子弟向けの学校に通わせている。

「さあ、ご挨拶を」

「してくるよ」

ふて腐れたジルは、学校へ行く支度をすっかり調《ととの》えて部屋を出ると、祖母がいるはずの執務室へ向かう。マリーはそこで領地からの収益の計算やら株価の変動やらを計算しており、滅多《めった》に出てこないのだ。

飴色《あめいろ》に光る扉をノックし、「どうぞ」という嗄《しわが》れた声に真鍮《しんちゅう》の取っ手を摑《つか》む。

「おばあさま、おはようございます」

「おや、ジル。今朝も早いこと」

微かに目線を上げて彼女はそういうと、再び新聞に視線を落としてしまう。

低い丸テーブルには買ったばかりのリモージュの茶器が一式用意されていたが、手を着けた様子すらない。あれではサビーヌの淹《い》れた紅茶は冷めていることだろう。

冷えているのは、彼女の心の中も同じだ。

過保護ではあっても、親愛の情を示してはくれない。

彼女がジルに対して複雑な愛情を抱く理由は、『面倒なお針子』に入れ揚げて子供を作ったうえ、火遊びと終わらせずに責任を取って結婚したことにあるのだろう。パリの学生たちがお針子といい仲になるのは珍しいことではないが、父は誠実だった。

しかし、祖母にはその誠実さゆえに息子はどこの誰とも知らぬ女を娶《めと》ったと、怒りしか覚えなかったようだ。

時に、誠実さは美徳とはなり得ない。そのことをジルは幼くして父と、そして祖母から学んでいた。

「……あの」

「もういいから学校へ行きなさい」

「はい、おばあさま」

学校なんて、興味がない。

生徒の大半を占める貴族の連中は、成金のジルを馬鹿にしている。

入学した当初から悪口を言われ、遠巻きにされ、ジルはすっかり人づき合いが苦手になっていた。容姿のせいか、お高く止まっていると陰口も叩かれた。

そもそも、同級生とどんな話をすればいいのかもわからない。このあいだも同級生に「君にそっくりな子を街で見かけたよ」と言われたけれど、意味がわからなくて相槌《あいづち》を打つだけになってしまい、会話にすらならなかった。

ジルが知りたいのはこの広い世界。

城壁に囲まれた狭いパリという街でさえも、ジルが冒険したことは一度もなかった。

幼い頃から、この高い塀と荊《いばら》でできた生け垣に囲まれて暮らしているのだ。

「明日のことはヴァレリーに頼んだからね」

「明日？」

「肥沃な火曜日《マルディグラ》すら忘れてしまったのかい？　行きたくなければいいんだよ」

「あ！」

そういえば、復活祭《イースター》に関する行事がこれから目白押しだ。

その前にある肥沃な火曜日は移動祝祭日で、その日は祝祭《カーニヴァル》が開かれ、人々は街を練り歩く。それなりに裕福な連中は仮装をしたり、それはそれは華やかで、パリには珍しい祝祭だった。

「行ってもいいの？」

「ヴァレリーが一緒だよ」

「それでもいいの。ありがとう、おばあさま！」

カーニヴァルは人が多くて危ないと去年は見物さえ禁じられていたので、今年は見にいってもいいなんて大きな変化だ。

お目付役がいるのは面倒だったが、行けないよりはいい。いつも指を咥《くわ》えているしかなかったカーニヴァルを見物できるだけでも嬉《うれ》しく、ジルは途端に上機嫌になった。


セーヌ川を挟んでチュイルリー公園の対岸にあるフォーブール・サン＝ジェルマンは、前世紀までは貴族やブルジョワの大邸宅が並ぶ高級住宅地だった。

革命やナポレオンの登場を経て社交の中心がショセ・ダンタン地区に移ったので、このあたりはどこか閑散としている。だが、祖母のマリーはその静けさを気に入っているらしく、引っ越すつもりはないそうだ。

そうでなくともマリーはこのところ体調が悪く、喧噪《けんそう》は耐《た》えきれないからとほとんど家に引っ込んでいる。彼女の気持ちはわかるのだが、好奇心旺盛な年頃のジルにとっては、屋敷は耐え難いほどに退屈だった。

アルノー家の邸宅は、マリーの気質を反映したように素《そ》っ気《け》ない、新古典主義の影響を受けた外観だった。

オスマンによるパリ改造で華やいだ外見の建物が増えたが、アルノー家はそんな風潮すらどこ吹く風の、質実剛健をよしとする外見の邸宅だった。

「早く、ヴァレリー。仮装行列に間に合わなくなる」

「例年、パリの仮装行列は渋滞を引き起こします。そんなにすぐには……」

「いいから早く！」

学校へ行くときはヴァレリーを待たせることも多いくせに、我ながら現金だ。夕方の外出なので、ジルは素早く箱型四輪馬車《クーペ》に乗り込み、彼を今か今かと待っていた。

復活祭の前の四旬節《しじゅんせつ》ではキリストが荒野で修行したことにちなんで、いっさいの獣肉の摂取を断つ。その前に乱痴気《らんちき》騒ぎをするのがカーニヴァルで、仮装行列や仮装馬車が練り歩く。もちろん、そのあとは学校でもこの話題で持ちきりだったが、ジルはいつもそれに乗れなかった。そうでなくとも友達が少ないので、拗《す》ねた気分で「カーニヴァルなんて子供っぽい」と思い込んでいた。

でも、今年は違う。自分も見物に行けるのだ。

「子供でもあるまいし、仮装行列など楽しくもないでしょう」

「楽しいよ、子供だもの」

傍らに腰を下ろしたヴァレリーらしい堅苦しい言葉に、ジルは真っ向から反発した。

「あなたは都合のいいときだけ、子供の振りをする」

嫌みを一つ混ぜられたが、ジルは気にしなかった。

静かすぎる界隈を馬車が抜けていき、ジルは昂奮《こうふん》に胸を膨らませる。静寂を好む祖母とは対照的に、街のにぎわいのほうが好ましかった。

お目付役のヴァレリーが張りついていて、たとえ馬車から降りて自由に歩くことができなかったとしても、家で辛気《しんき》くさい空気を吸っているよりはましだ。

「さっさと見物を済ませましょう」

「馬車から出てはだめ？」

「だめに決まっています。迷子になったらどうするんです？」

石畳で覆われた馬車が通れるような道は、カーニヴァルを見にいく人々でごった返して既《すで》に渋滞になっている。通行止めの区間もあるので、よけいに馬車が通行可能な道に集中して混《こ》み合っていた。

窓の外に見えるのは、人、人、人。それから馬車。

これでは仮装行列や山車《だし》を目にすることなく、カーニヴァルが終わってしまう。

「ねえ、ヴァレリー。どうしよう」

「困りましたね」

さほど困っていない調子でヴァレリーは相槌を打つ。

ジルはこの日のために誂《あつら》えたばかりのダブルのスーツに白いシャツ、それからタイをしていた。帽子も靴も手袋も、どれも真新しい。

向かいに腰を下ろしたヴァレリーは暗い色のスーツばかり好んで身につけるくせに、いつもどこか涼しげな印象があるのが不思議だった。

「お恵みを」

「復活祭を前に善行を」

汚れて継ぎの当たった服を身につけた子供たちが窓を叩《たた》きながらそう言って回るのが聞こえ、隣に座ったヴァレリーが小さくため息をつくのがわかった。

彼はこういう光景を目にするのが不快なのだろう。

「お金をやってもいい?」

「一度窓を開けたら面倒なことになる。放っておきなさい」

「そう」

確かに、施しをする理由はないかもしれない。

唇を尖《とが》らせたジルは再び窓の外に注意を向け、帽子を被《かぶ》り、正装で着飾ったにわか紳士や淑女、浮浪児や通行人に好奇の目を向けた。金持ち連中は馬車で見物に行くので、歩いているのは裕福とはいえない階層の人々だと、ジルでさえも知っていた。

動かない馬車の中から、ジルは街角に立つ一人の少年を何気なく注視する。顔は見えないものの、どこにでもいる貧しそうな少年で——いや。

そのとき、不意に彼の顔が見えた。

——嘘。

心臓が締めつけられるような恐怖を味わい、ジルははっと自分の胸のあたりを押さえた。

似ている、と思ったのだ。

最初顔が見えなかったのは、帽子のつばと少年の長い前髪のせいだ。けれども、折しも吹いてきた一陣の風が、鬱陶《うっとう》しい前髪を持ち上げたのだ。

大きく零《こぼ》れ落ちそうな目、やや瘦《や》せてはいるが肌理《きめ》の細かそうな膚《はだ》。

少しくすんだ金髪は薄汚れている。

目を、逸らせない。

泥や垢で薄汚れたところを除けば、背格好といい顔貌《かおかたち》といい、ジルにそっくりじゃないか……?

馬車のガラス窓に額《ひたい》を押しつけ、ジルは彼に釘づけになった。

彼もまた浮浪児か貧民だろうが、何かを美味《おい》しそうに齧《かじ》っている。

ジルには許されない買い食いが彼にはできるのだと思うと、その自由さが眩《まぶ》しく思えた。

けれども、その顔を拝めたのはほんの数秒だった。

少年はまたしても首を振り、自分の顔を長い前髪で隠してしまったからだ。

あとになって思えば、どうしてこの距離で彼の顔がはっきりとわかったのか、ジルにも不思議だった。

だけど、まるで神様のお導きのようにその存在に引き寄せられてしまったのだ。

「…………」

「ジル様? 何かありましたか?」

ヴァレリーが怪訝《けげん》な声を出して、ジルの視線の方角を追いかけようとする。

慌ててジルはヴァレリーに向き直り、「何でもない」と答えた。

どうしてなのか、ヴァレリーには知られたくなかった。ジルだけの秘密というものを、一つくらいは持ちたかったせいかもしれない。

「そうですか?」

「ほら、この通りって滅多に通らないから、僕には珍しくて」

ヴァレリーの灰褐色《はいかっしょく》の目を見つめてジルがそう言うと、彼は一瞬、真意を確かめるようにその目を眇《すが》める。そして、無言で首肯した。

渋滞のせいで、馬車はほとんど動かなかった。

ヴァレリーの追及が終わったのにほっとしたジルが首を曲げて先ほどの方向を見たが、もう、少年の姿はどこにもなかった。

あれは夢か幻《まぼろし》だろうか？

そのあとカーニヴァルを何とか見ることができたが、ジルは気もそぞろだった。

確かに初めて見る仮装行列は面白くて目を奪われたが、頭の芯では夢中になりきれずに、ただ、先ほど見た少年のことばかりを思い返していた。

羨《うらや》ましかったからだ。

カーニヴァルの喧噪の最中、派手に着飾った人々が踊り、笑う、非日常の世界。

その中で生きているのであろう先ほどの少年に対し、ジルは強烈な羨望《せんぼう》を覚えていた。

あの少年のようになれたら、ジルは自由になれるのだろうか。

何もかもが決まりきった、こんな暮らしから逃れて。

無論、ジルが恵まれた立場にいるのはわかっている。

世の中には貧民と富民がおり、貧民は一生そこから這《は》い上がれない。明日食うものにも困り、何の希望もなく生きているのだと。そんなジルが見るからに貧民層のあの少年に憧れるなんて、ふざけるなと怒られても仕方なかった。

ジルたちの暮らすフランスは、今や混沌《こんとん》の時代に突入していた。

王家や貴族たちが贅沢三昧《ぜいたくざんまい》の暮らしを謳歌《おうか》した日々は、十八世紀――八十年前に終わった。

それからあとのフランスは、めまぐるしく体制が変化した。

第一共和政、ナポレオンの皇帝即位と失脚、王政復古、七月革命、ナポレオン三世の第二帝政。

今は第二帝政のまっただ中だが政治は流動的で、上流階級の人々は政治の行く末を、固唾《かたず》を呑《の》んで見守っている。中には亡命を考えている者もいるようだ。

ジルの祖母もその一人だが、収入の大半を郊外での工場経営とパリでの不動産経営に頼っている今では、パリを離れるのは得策ではない。

もっとも、市民の大半は日々の暮らしに一生懸命で亡命も何もあったものではないだろう。

そういう市井《しせい》の苦しみなど、ジルとは無縁のものだった。


「え？　君に似た子？」

翌日。

登校するなりジルが教室でトマスに勇気を出して声をかけると、彼は訝《いぶか》しげな顔をした。

ジルの視線が気になっているのか、そわそわとネクタイを真《ま》っ直《す》ぐに直している。

「そう。前に話していたけど、覚えてないかな」

「ええっと……そうだっけ？」

以前、トマスがその話をしていたのを思い出したのだ。

トマスは雀斑の目立つ顔を赤らめ、まるで林檎《りんご》のように真っ赤になっていた。

「思い出せない？　一か月くらい前のことだけど、せめて、どこで見たかくらいは」

トマスは腕組みをし、一生懸命に考え込んでいる。

「カーニヴァルの一か月前……ああ、そういえば時計を修理しにいったよ」

「時計？」

「そう。お父様のお遣いでね。そのときに見かけたんだ」

「店員なのか？」

「まさか」

それを耳にするなり、彼はおかしそうに吹き出した。

我ながら、馬鹿な質問をしてしまった。

トマスは議員の息子だし、その父の使っている時計ともなればさぞや高価だろう。そんな店で、みすぼらしい少年を店員に雇うはずがない。

愚かな質問をしたことを恥じて黙り込むジルに、彼は微笑《ほほえ》みかけた。

「店の裏手に回るところを見たんだ。何となく気になって追いかけたら、そこの職人か何かと親しげに話していた。友達っぽかったよ」

「そうか、ありがとう」

念のために時計店の名前を聞いたジルは、その日は少し浮かれた気分で帰宅した。

とりあえず、あの少年を捜してみよう。

ジルはヴァレリーの監視が厳しくて抜け出せないが、サビーヌを使えば何とかなる。

帰宅するなり、ジルは上機嫌でサビーヌに命じた。

——仕事の合間に街に出て、僕に似た少年を捜してこい、と。

「あ、あの……」

珍しく彼女が躊躇《ためら》いがちに反意を示す。

「何だ？　何でも言ってみろ」

指先で金髪を弄《いじ》りながら、ジルはサビーヌの蒼褪《あおざ》めた顔を見やる。今日は料理の途中に何かを零したらしく、白いエプロンは染《し》みが目立つ。急に呼びつけたので、替える時間がなかったのだろう。

「む、無理、だと思います……坊ちゃま」

切れ切れに反論する彼女の華奢《きゃしゃ》な肩が、震えている。

「何が」

「坊ちゃまに似ているというその方を捜すのは……」

そう言われるのは承知のうえだったので、今更腹を立てる気にもならなかった。

自分と似た面差《おもざ》しの少年が、このパリを自由に歩き回っているのだ。それが何よりも悔しくて、ずるいと思えた。

だからこそ、外に自由に出たいという願望は強くなるばかりだ。

以前、学校の行き帰りに馬車から抜け出すのを考えたし、実行したこともある。だが、それは祖母の不興を買い、次はヴァレリーを解雇するほかないと言われただけだ。

けれども、そうすればヴァレリーに借りを作るみたいで嫌だった。

嫌いだとわかっているけれど、それでもいなくなられると困る。

「皆に内緒《ないしょ》で捜すんだ」

「そんな……」

「普段の仕事が終わってから、捜せばいい。できなければ、おまえはくびだ」

彼女のくびをかけるのは少し気が咎《とが》めたが、こういう鈍い相手はそれくらいきつく言わないとだめだ。

「後生ですから、くびはやめてくださいませ、坊ちゃま。母の調子が悪くて、私が送金しなくては……」

「だったら、僕に似たあの少年を捜してこい。おまえはちびだから、人の顔を見上げればいくら顔を隠してたってわかるだろう？」

「だって……パリにどれだけの浮浪児がいるとお思いですか？」

か弱い声での反論だったが、ジルは頑《かたく》なに聞き入れなかった。

「だから、手がかりをやっただろう。時計店の名前も教えてやった」

「でも、それだったらヴァレリー様に」

「馬鹿じゃないの？　ヴァレリーに知られたら元も子もない」

決然としたジルの声を聞いたサビーヌは、やがてしょんぼりと肩を落として部屋から出ていった。

本当に、苛々《いらいら》する。

楽しいはずの計画だったが、サビーヌの態度に神経を逆撫《さかな》でされたせいで、ジルは暫《しばら》く落ち着かずに室内を歩き回った。

だが、それで気持ちが晴れるわけではない。

苛々して金髪を掻《か》き混ぜたときに、時を告げる寺院の鐘の音が聞こえてきた。

もう、五時か。

陽《ひ》が落ち、暗がりが更に鬱陶しい時間帯になってくる。

狭苦しい室内を出たジルは、中庭へ向かった。

どこにいてもヴァレリーの目が光っているが、温室だけは別だ。

ガラスのドアを開けて温室へ滑り込んだジルは、ふっと息を吐き出した。

てっきり誰もいないと思っていたのに、歩を進めていくうちに鼻歌が聞こえてくる。

庭師の老人は、ジルの姿を認めて顔をしわくちゃにして笑った。

「おやまあ、坊ちゃま。今日は遅い時間ですな」

「新しい薔薇《ばら》、どう?」

「今日も元気ですよ。ご覧になってください」

「ん」

生返事をしたジルは温室でも陽当たりのいい一角に置かれた薔薇の鉢植えを目にし、ほっと息を吐いた。

このところひどく寒かったので気になっていたが、特に問題はないようだ。

温室を作ってくれたことだけは、祖母に感謝しなくてはならなかった。

「これをご覧になれば、大奥様はお喜びになりますよ」

夏の祖母の誕生日に合わせて薔薇の花を育ててもらっているのだが、生育の状況はいまひとつだ。

「……どうかな。おばあさまは、花なんて嫌いだと思う」

「いえいえ、花が嫌いな女性なんていませんよ」

老人は声を立てずに笑うと、愛《いと》しげに薔薇に視線をやる。

「大丈夫ですよ」

「何が？」

「ジル様は本当はお優しいいい子です。きっと大奥様もわかってくださいます」

「そんなわけ、ないだろ。おまえがお人好《ひとよ》しなんだ」

にこにこと笑う老人から目を逸らし、ジルはくるりと身を翻《ひるがえ》す。

本当に優しければ、サビーヌにあんな無理難題を押しつけたりしないだろう。

自分は優しくない。優しくなんて、なれない。

それに、誰かが望むように生きたとしても、祖母がジルを好きになってくれるわけではない。

ジルには穢《けが》れたどこの誰とも知れぬ女の血が入っているのだと、祖母が言う限りは。

自分の躰《からだ》に流れる血を否定されてしまえば、存在そのものを拒絶されているのと同じことだ。

そして、そんな祖母に信頼されているヴァレリーに対して心を開けない。

だから、祖母やヴァレリーが望むいい子になんて、絶対になれそうになかった。

2

復活祭《イースター》のミサの帰りに親戚の家を訪れたジルは、帰宅するなり応接室へ来るようにと言われた。

特に予定はなかったのだが、来客があったらしい。

応接室で待ち受けていたのは、ヴァレリーの友人であるベルナールだった。

「やあ、ジル。今日もご機嫌麗しゅう」

芝居がかった調子で頭を下げられ、ジルはげんなりした顔でベルナールに会釈《えしゃく》をする。

「そちらこそ、ベルナールさん。ヴァレリーに用事ですか?」

居間にいる客を置いていくこともできず、仕方なくジルはそこに留《とど》まることにした。

この部屋はアルノー家でも一際《ひときわ》古いので、あまり好きになれなかった。

そこで待ち受けているのが、ジルの苦手なベルナールなのだから尚悪い。

「いいや、君に会いにきている。ヴァレリーはついでだよ」

「…………」

ヴァレリーの同級生だというベルナールは亡父の遺産を活用する投資家で、頻繁にアルノー家に顔を出す。

「そこまで不愉快な顔をしないでくれないかな、ジル。ヴァレリーが知ったら怒るだろう」

「――わかっています」

無論、客に対して不快感を露《あらわ》にするなど、アルノー家の当主にしてみればあってはならない態度だ。けれども、彼のことはどうしても好きになれなかった。

ヴァレリーが茶の支度をしたりと席を外した隙《すき》に、ジルに粘ついた視線を向けるからだ。

一度など腕をひどく掴《つか》まれて痣《あざ》になったこともある。

図体《ずうたい》ばかりが大きくて、加減を知らないのだろう。それに、何だか――彼の望みがとても不愉快なものに思えて、嫌な胸騒ぎがするのだ。

ベルナールはヴァレリーとはそれなりに親しいようだが、ジルは彼のことが大嫌いだった。もっと邪険にしたくとも、彼はアルノー家の工場の一つに多額の投資をしているので、一応は大事な客人として遇さなくてはならない。

「今度、俺と一緒に芝居にでも行かないか？」

「あいにく、芝居には興味がありません」

「じゃあ、見たこともないのかい？」

「ええ」

「それはもったいないな。絶対に、見てから判断したほうがいい」

「…………」

さすがヴァレリーの友人というべきか、ああ言えばこう言うでジルを困らせる。

「コメディ、悲劇、歴史劇——どれが君の好みだ？」

「ヴァレリーの許可がなければ出かけられません」

「やれやれ」

ベルナールは肩を竦《すく》め、にやけた顔でジルの肩をぽんと叩《たた》いた。

「いつでも気が向いたら誘ってくれ、ジル」

絶対にそんな日はこないと思っていたが、返事はしない。そこでヴァレリーがドアをノックしたので、ジルはほっとした。

ベルナールが何食わぬ顔でジルから手を離し、そのタイミングでドアが開く。

それを機にベルナールは自分の椅子《いす》に腰掛け、何ごともなかったような顔でヴァレリーに向かって微笑《ほほえ》んだ。

「それで、ジル様。学校はいかがなのです？」

銀のカトラリーを器用に操って肉を切り、ジルは首を傾《かし》げた。

「どうって……いつもどおりだよ」

ほかに答えようがない。

アルノー家の食堂は広々としているのに、食卓に着いているのはヴァレリーと祖母の三人だけだ。本来ならば従僕である執事は身分的にも同席しないのだが、行儀作法を教えるという名目で、週に一度だけヴァレリーがこの席に加わる。今夜がその日だった。

祖母は食事中は滅多に口を開かないので、もっぱらジルかヴァレリーのどちらかが話を振ることになる。

「だから、べつに普通」

「言葉遣いが悪いですね」

少し蓮《はす》っ葉《ぱ》な口調で言ってのけるとヴァレリーはこれ見よがしにため息をつき、ジルを見据えた。

「いいですか、ジル様。あなたはアルノー家の跡取りなのですから、それらしく振る舞う術《すべ》を覚えてください」

「……わかってるよ」

どうせ裕福な成金であって貴族ではないのだし、うるさいことは言わないでほしい。

ジルは常々そう思っているが、ヴァレリーは小言ばかりで煩《わずら》わしかった。

もともとアルノー家は、フランスの片田舎《かたいなか》とパリを往復する商人だった。それが商才のある祖父の代で工場を作って財をなした。今は工場の運営は信頼できるものたちに託し、祖母は配当金で暮らしている。とはいえ、いつまでも人任せにはしていられないので、ジルには早く独り立ちして工場経営をしてほしいというのが祖母の願いだった。

それを補佐するのがヴァレリーの役目になるのだろう。

だから、今のうちにヴァレリーと上手《うま》くやる方法を身につけておかなくてはいけないのだ。

でも、ヴァレリーのことはどうしたって苦手だ。

そう考えつつ、ジルは上目遣いでヴァレリーを見やる。

「何ですか？　話があるのなら、きちんと正面から私の目を見てください」

「…………」

またしても堅苦しいことを言われて、ジルはむっと黙り込んだ。

わかっている。彼らはジルにとってよかれと思って、こうしているのだ。べつに、ジルが憎くていびっているわけではないだろう。

けれども、それではジルには自由がない。

結局、ジルの人生はあらかじめ決められてしまっている。

死んでしまった父の代わりに、祖母の思いどおりに生きる。それが幸福なのか不幸なのか、判断する基準をジルは持たなかった。

それは、ジルが世間というものを知らないからだ。

そのことが、とても歯痒《はがゆ》い。

何も知らずに生きていくことが、かえって恐ろしい。

「まあ、よいでしょう。冷める前に召し上がってください」

ヴァレリーがやっとお小言をやめたが、ジルだって一つくらいは逆襲したい。小さく鼻を鳴らし、ジルはヴァレリーを真っ向から見据えた。

「そういえば、ローズから手紙が届いていた。来週、うちに遊びにくるって」

今度はヴァレリーが不快そうな顔になる番だった。

ブルネットが特徴的なローズはジルの従姉《いとこ》で、仲がよくも悪くもない。それでも頻繁にこの家を訪れる彼女のお目当てはヴァレリーで、ジルのことはどうだっていいようだ。

実際、顔を合わせても少しお茶を飲むくらいで、ローズはヴァレリーのあとばかりを追いかけているからだ。

そうでなくとも多忙なヴァレリーに邪険にされていることくらい、気づいてもよさそうなものなのに。

逆襲は成功したようで、ヴァレリーはもう口を利こうとはしなかった。

「見つかりました!」

一応はノックをしてから部屋に飛び込んできたサビーヌは、息を弾ませている。

学校から帰ってきたばかりのジルは面食らい、ぽかんとして目を丸くする。

「何が？」

ジルが眉《まゆ》を顰《ひそ》めて尋ねると、彼女は「え」と言葉を失った。

「坊ちゃまが捜せとおっしゃったんじゃないですか！」

「だから、何を？」

「あの、坊ちゃまによく似ているっていう少年です」

「……ああ」

すっかり忘れていた。

あれは一か月以上前の話だ。ここ最近、ずっとサビーヌは元気がないと思っていたが、まさかこの期《ご》に及んでそんなことを調べていたとは。

だが、捜している少年が見つかったと言われると、むくむくと好奇心が膨れ上がってきた。

「そうか、よくやった。どこにいた？」

「それは……おわかりにならないと思いますけど」

サビーヌはジルの機嫌を損ねないように、慎重に言葉を選んでいる。

「サン＝ソヴール通りです。あの時計のお店が近くにあると伺っていたので」

「やっぱりあの時計屋に知り合いがいるのか」

通りの名前は聞いていたので、ジルは納得した。

「僕に似ていたか？」

「はい、とても。ジル様かと思い、驚きました」

「そうか……」

自分そっくりという少年に関しては、ジル自身やトマスの見間違いではなかったようだと安堵《あんど》した。

「それで、声はかけてみたか？」

「……はい」

微《かす》かに躊躇《ためら》いを帯びた声だった。その少年に話しかけたことで何か嫌な思いをしたのだろうか、とジルは訝《いぶか》る。

「何と？」

「――そんなに似ているなら、会ってみたいとのことでした」

また、彼女は何かを隠しているような口ぶりになる。

問い詰めようかと思ったが、聞いたらきっと愚《ぐ》にもつかないことを言うだろうと思い直し、ジルは追及しないことにした。

「相手の名前は？」

「ルネだそうで、坊ちゃまと同い年です」

「ルネ、か」

ありふれた名前だ。

「何とかこの家に連れ込みたい。おまえ、どうにかできないか?」

「どうにかって、あたしには無理です、坊ちゃま」

ジルが放課後にヴァレリーの目を盗んでその少年と会うなんていうのは絶対に無理だ。そもそも、行きも帰りもヴァレリーが同行しているのだ。

「それに、もうやめてください。何だか、気味が悪いでしょう。自分にそっくりの人間なんて……」

「そう? 面白いじゃないか」

ジルは改めて好奇心を剝《む》き出しにし、目を輝かせる。

「こういう意外性は歓迎だ。僕が外に出るにはヴァレリーの目があるし、上手く抜け出せるとは到底思えない」

それならば、ルネを呼びつけるほうがいい。

かといって、相手を何らかのかたちで家に上げるのは、サビーヌの力量では難しいだろう。となれば、ジルが手を考えるほかない。

学友として家に呼べば、ヴァレリーも祖母も顔を見たがるはずだ。それを避けるには、まったく別の人間として家に呼ぶほかかない。

――そうだ。

「ちょうど、来週、ローズが来ることになってる」

従姉のローズの話題を出すと、サビーヌが「はい」と頷《うなず》いた。

「ローズの振りをさせて家に入れよう。ローズは前もって断っておけば、鉢合わせにならないし」

ローズに手紙を出すのはよくあることだったので、それはあやしまれないだろう。

それに、ローズはジルに会いに来るので、祖母には会わないことのほうが多い。

ヴァレリーも彼女のことを苦手としているため、ローズが遊びに来たときはジルの部屋には寄りつかない。

「でも、どうやってですか、坊ちゃま」

「そのあたりはおまえの采配《さいはい》だ。薄汚い浮浪児を美しいマドモアゼルに仕立て上げるくらいわけないだろ？　僕のいらない服を売って服は古着屋で買えばいい」

パリで金を手に入れる手っ取り早い方法は、服を売ることだ。基本的に服はそれぞれのサイズに合わせた職人による手作りで、貧しい人間には目玉が飛び出るほど高価なものなのだという。従って、貧乏な人々は古着を買うほかない。

「ですが、坊ちゃま……」

「いいから、言うとおりにするんだ。上手くいけば、おまえにも小遣いくらいはやれる」

「……わかりました」

何か言いたげな様子だったが、サビーヌは渋々と従った。

あとはサビーヌの才覚次第で、運を天に任せるほかない。

ジルはサビーヌにルネが着られそうな服を手配するように言いつけると、自分は満足して布団に潜り込んだ。


指折り数えて待っていたその日は、呆気《あっけ》ないほどに早くやってきた。

「坊ちゃま、お客様です」

ドアの外から呼びかけるサビーヌの声が、震えている。

しみじみとサビーヌは役立たずのうえ臆病者だと内心で舌打ちし、「通せ」と呼びかけた。

ややあってドアが開き、すらりとした少女が姿を現した。

今風の帽子を被《かぶ》り、そこから垂れた黒いレースで顔をすっかり隠してしまっている。腰はコルセットで締め上げ、広がりを強調したドレスは袖《そで》も裾《すそ》も贅沢《ぜいたく》にレースをあしらい、そのスタイルのよさを強調していた。

クリノリンの流行は廃《すた》れたが、女性というのは本当に大変だと思う――この場合、服を着ているのは男だったが。

「まったく、ふざけてやがる」

威勢のいい罵倒《ばとう》が第一声だった。

相手は女物の大きな帽子をぽいと投げ捨て、それからきっと顔を上げた。

「このきついドレス、食ったものを全部吐き出しそうだ。まったく、女ってやつはこんなもの身につけて、ご苦労ったらありゃしない」

——似てる。

無論、しゃべり方がではない。

顔立ちが、だ。

ここに鏡があるのではないかと思うくらいに、彼はジルに似ていた。

他人のそら似という言葉では、到底片づけられないだろう。

カーニヴァルのときとは違い前髪を切り、今日はその美しい顔が露になっている。湯を使ったのか、このあいだまでの垢じみた様子は、影もかたちもない。

食べ物のせいか金髪には艶《つや》がなかったが、香油を使えば誤魔化《ごまか》せるだろう。

大きな二重の目。猫のように少し吊り上がったチャーミングな目尻《めじり》。澄んだ蒼《あお》い眼球。

何もかもが、赤の他人とは思えない類似点を持っていた。

互いにしげしげと一分は見つめ合った挙げ句、「へえ」と先に声を出したのは、少年のほうだった。

「似ているじゃないか。あんたがジル？」

発音はいかにも下町風で、下品だと顔をしかめられるものだ。

「そうだ」

「大仰《おおぎょう》なご招待どうも。何の用？」

「君に会って話を聞いてみたかったんだ」

「へえ？　どんな？　貧民の暮らしってやつをかい？」

彼は遠慮せずにずかずか奥へ向かうと、天蓋《てんがい》から垂れるカーテンを持ち上げ、ジルのベッドにどさりと腰を下ろした。

「ふうん、やわらかなベッドで寝てるんだな、お金持ちは」

「君はどんなベッドで寝てるんだい？」

「ベッドなんてないよ」

ルネはくすくすと笑い、上目遣いにジルの目を見つめた。

一瞬たじろいだのは、その目のせいだった。

炯々《けいけい》と光るその瞳は、まるで燃えるようだ。おそらく、ジルとはまったく違うだろう。

「ベッドがない？　じゃあ、どこで暮らしてるんだ？」

「俺の住《す》み処《か》はサン＝ドニ門近くの奇跡小路《きせきこうじ》っていうところだ」

「奇跡小路……面白い名前だね」

ルネの傍らに腰を下ろし、ジルはサビーヌに「お茶だけ持ってきて」と命じて下がらせた。

「どうしてそんな名前なの？　神様の奇跡が頻繁に起きるとか？」

最初の衝撃から立ち直り、ジルは人懐っこい調子で尋ねた。

「奇跡小路に住んでるやつの中には、働かないで金を稼ごうとする連中も多い」

「働かないで？　お金持ちなの？」

「物乞《ものご》いをしてるんだ。まあ、ある意味じゃ働いてるか」

さらりと答えたルネは、ジルの手にそっと自分の指を這《は》わせた。ごつごつした、乾いた手だった。

顔を丁寧に拭《ふ》き、髪を洗ったところで、その手に染《し》みついた労働の臭いまでは消えない。自分とはまったく違う。

「物乞いと奇跡の関連がわからないよ」

「連中は、本当に足や目が悪いわけじゃない。言ってみれば役者なんだ」

「どういう意味？」

「鈍いな。表通りでは足が悪い振りをしてじっと蹲《うずくま》ってるけど、一歩奇跡小路に戻ればダンスだって踊れそうなくらいに元気になる。その豹変《ひょうへん》ぶりがまるで神様の奇跡みたいだから、奇跡小路って言うんだ」

あまりのことに、ジルはぽかんとしてルネを見つめた。

「わかったろ?」

「面白そうだね!」

漸《ようや》く理解できたので、ジルは思わず声を弾ませる。

「面白い、か。その日暮らしだけどな。まあ、面白おかしくやってるぜ」

「ルネは学校は行っていないの?」

馬鹿げた質問だとも言いたげに、ルネは大袈裟《おおげさ》に肩を竦めた。

「行けるわけないだろ。そんな余裕があったら金を稼ぐよ」

「じゃあ、仕事は何を?」

「今は劇場で小道具を作ってる」

「劇場? すごいね! 毎日忙しいの?」

「そりゃそうだ。劇場は人の出入りが多いから、面白いやつも多いんだ。聞きたいか?」

「うん!」

目を輝かせるジルに対し、ルネは「よし」と頷く。ルネは声色を変えて面白い冒険譚《ぼうけんたん》をいくつも話してくれた。

ルネの話を聞くと、ベルナールの誘いを断ったのは惜しかったかもしれないと思ってしまう。

劇場に勤めているだけあって、ルネは役者としてもやっていけそうなくらいに真に迫っている。

「おまえはどうなんだ？　学校は楽しいか？」

「楽しくなんて、ないよ。みんな退屈な坊ちゃまばかりで」

「俺から見たら、おまえも十分退屈な坊ちゃまだけどな」

ちくりとルネに嫌みを言われ、ジルは目を瞠《みは》った。

「けど、今回はおれに会えてよかったな。おまえにも、面白い冒険をするチャンスができそうだ」

「ホント？　たとえば？」

「いや、それはおれが考えることじゃないけどさ」

ちょうどサビーヌが運んでくれたお茶を飲みつつぼんやりと思考を巡らせていたジルは、そこで「あっ」と声を上げた。

部屋を出ていきがてら、サビーヌが何か言いたそうな顔になったが、すぐに一礼してそこから出ていく。

「ん？　思いついたか？」

「入れ替わればいいんだ！」

「入れ替わり？」

訝しげな顔をして、ルネがジルの顔を見やる。

「そう。僕と君が、暫《しばら》く入れ替わるんだ。それって面白くない？」

「面白いけど、危険じゃないか？　気づかれたら、俺なんてこの屋敷からたたき出されそうだ。警察に捕まるのは御免だぜ」

「ルネはそういうの、苦手？」

「まあ、やれって言えばやれるけどな」

幸いルネはものにこだわらない性格のようで、あっけらかんと言い放った。

「じゃあ、やろうよ！」

ジルの頭の中にはそういう発想はなかったので、どうしてこんな大胆な考えに辿《たど》り着いたのか、我ながら不思議だった。でも、これきりルネに会えないのかと思うと、それはそれで嫌だった。

「任せておきな。俺はタンプル大通り一の役者だからな」

ルネは頼もしく胸を叩き、ジルを見下ろす。

こうして見ると、ルネのほうがわずかに身長が高いのだ。

そのことに初めてジルは気づいた。

「じゃあ、まずは……えっと、君と入れ替わる練習をしなくちゃ。僕はいいけど、君がヴァレリーにばれたら困るもの」

「ヴァレリーって誰？」

「うちの執事。すごく切れものなんだ」

「へえ。でも、おれと違ってあんたをこの家から出すのは大変だな」

ルネは自分の唇を指でなぞる。

「まあ、今日は一旦《いったん》帰るけど、おれが考えておいてやるよ。また遊びにくる」

「どうやって？」

「忍び込む手立てくらいはあるさ。任せておきな」

これまでに一度も泥棒に入られたことのない家なのに、そんな抜け道があるのだろうか。

「うん、ルネってすごいね」

しみじみと感心した顔になったジルの鼻の頭を指で弾《はじ》き、ルネは「おまえは甘ちゃんだな」

と笑った。


そんな経緯《いきさつ》で、ジルは秘密というものの甘美さを知った。

「じゃあ、ここで整理する。僕の周りの人間関係は覚えた？」

「もちろん」

寝台に腰を下ろしたルネは、足をぶらぶらさせている。

ルネは頭の回転が速いようで、数日にわたるジルの授業にはすっかり飽きてしまっている様子だった。

けれども、周囲を欺《あざむ》くためには入念な教育が必要だ。彼に嫌がられたとしても、何度だって教えなくてはいけない。

……こういうところは、ヴァレリーに影響されているのかもしれない。

「とにかく覚えたよ。決行は明日なんだしさ」とルネは手を振り、それからなげやりな口調で告げた。

「おまえのおばあさまに、口うるさいヴァレリー。小間使いはサビーヌとジューン、エレーヌ」

「エレーヌは?」

「胸の大きな黒髪だっけ」

「む、胸の大きさはいらないよ!」

真っ赤になったジルの言葉を聞いて、ルネは低い声で笑った。

行儀作法については、さほど時間がかからなかった。彼はもともとパリでも有名な芝居小屋にいて、上流階級の連中を見て仕種《しぐさ》や言葉遣いを真似、自分なりに練習をしたそうだ。

「仕上げにヴァレリーに会ってみてよ」

「……だな」

最大の難関がヴァレリーだというのは、ルネもよくわかっているらしい。

微《かす》かに表情を引き締めた。

「いいよ。おまえ……じゃないな。君はクローゼットに隠れていればいい。僕に任せておいて、ジル」

「了解」

言葉遣いといい丁寧な物腰といい、ほんの数回のレッスンで彼は見違えるように変貌《へんぼう》を遂げたので、まるで問題は感じられない。これでヴァレリーの目を誤魔化せたなら、完璧だ。

祖母のマリーはジルに興味を抱《いだ》いていないし、彼女を欺くのは難しくはないだろうとわかっていたからだ。

サビーヌに計画を知らせれば意識しすぎてぼろを出しそうだし、彼女には何も教えないことにした。

「もうすぐヴァレリーが夜の挨拶に来るよ」

「わかった。君の寝間着を貸してくれる？」

「どうぞ」

ルネに白いナイトウェアを貸し、ジルはそれを見届けてからクローゼットに忍び込む。

心臓がどきどきしている。

ジルが息をついたところで、いきなり、ドアが開いた。

「夜の挨拶に参りました。何か変わったことは？」

「何も」

いつもとまったく変わらない、ヴァレリーの冷静そのものの声。

ヴァレリーはクローゼットに潜み、隙間に耳をくっつけているジルになど無論気づいておらず、つかつかとルネに近寄った。

「おやすみなさいませ」

「おやすみ」

「…………」

一度だけ、ヴァレリーがそこで沈黙する。

あれ、とジルは不安を覚えた。

失態でもあったのだろうかと緊張するジルをよそに、ルネは平然と「どうしたの?」と問うた。大した強心臓だった。

「いえ、何でもありません」

「おやすみ。また明日」

「ええ」

ヴァレリーが歩いていく足音が聞こえ、やがて、ぱたりとドアが閉ざされた。

ふーっとジルは息を吐き出し、クローゼットを抜け出して静まり返った部屋へと戻る。ルネはジルの寝台にちょこんと収まっており、こちらを見てにっと笑った。

「どうだった？」

「君、度胸があるんだな」

「そりゃあね」

こうして見ていると、まるで、鏡でも置いているかのような錯覚を感じた。

ジルの寝間着を身につけたルネは、ジルに本当に似ている。

たかだか衣装を替えただけでこんな風にブルジョワの真似事ができるなんて、ルネが空恐ろしく思えた。

「ヴァレリーって、ずいぶんな色男だな」

「いいのは外見だけ。すごく口うるさいんだ」

「へえ」

彼はおかしげに唇を綻《ほころ》ばせたものの、特に何も言わなかった。

「じゃあ、明日決行でいいんだろ？」

「うん。学校は、まあ……何とかなると思う」

ルネは最低限の読み書きはできるそうなので、心配はしていなかった。

「なら、こいつはあんたのものだ」

そう言ってルネは、汚い布袋をジルに向かって放り出す。受け取った途端に埃《ほこり》が立ち、ジルはごほごほごほごと噎《む》せた。

「これは？」

「あんたの明日からの服だ。洗ったりしたら意味がないから、洗うなよ？」

「…………」

布袋を開けると、袋の中にはこのあいだルネが着ていた垢じみたシャツとズボン、それから帽子、靴が入っていた。どれも古ぼけている。

これを身につけるのかと思うとげんなりしたが、すぐにこれからの冒険への高揚感が取って代わった。


翌日。

ヴァレリーは何の疑問も持たなかったらしく、ルネを伴って学校へ向かった。

ヴァレリーの間抜けなこと！

ジルはおかしくてたまらなかったが、笑ってばかりいられない。ルネとの打ち合わせどおりに、家に出入りする炭商人の馬車にこっそり乗り込んだ。

布袋と布袋のあいだに忍び込み、ジルは小さくなる。飛び降りるべき場所は、幌《ほろ》の隙間から見当をつけろと言われていた。

とはいえ、邸宅を抜け出すまでのあいだはどきどきして、気が気ではなかった。

城壁で囲まれたパリに出入りするには、五十四の市門のうちのどれか一つをくぐらなくてはいけない。ここから出入りする人間は厳しく調査され、入市税を徴収される。また、品物に関してもがっちりと関税がかかる。

炭商人は城外へ出ないはずだが、妙なところへ連れていかれて戻れなくなっても困るし、きちんと決められた地点で降りなくてはいけない。

もしこの冒険がヴァレリーに知れたら、もう二度と外出なんてできなくなるかもしれなかった。

それこそ修道院にでも入れられかねない。

——そんなのは、御免だ！

言われていたとおりに大きな石造りの門が見えたので、ジルは意を決してそこで飛び降りる。

「うわっ」

バランスを崩したジルは道路でしたたかに膝を打ちつけ、一瞬、その場に蹲った。それでも、このままでいては轢《ひ》かれてしまうと、這うように路肩へ移動する。ズボンの裾を捲《まく》り上げると、膝はすりむけて血が出ていた。幸い舗装された道路にはごみが落ちていなかったので、土埃で汚れがひどくなった程度で済んだ。

「痛……」

「平気か?」

すっと手を伸ばされたジルが訝しげに見上げると、帽子を脱いだブルネットの青年が自分を見下ろしていた。

澄んだヘーゼルの瞳。意思の強そうな太い眉に、癖のある髪。少し目が垂れているところが愛嬌《あいきょう》があり、人懐っこそうに見える。

年の頃は二十歳《はたち》過ぎだろうか。ずいぶんな男前だ。

すらっと背が高くて、たぶん、ヴァレリーよりも数センチは長身だろう。

いかにも少年の青臭さが芬々《ふんぷん》とするジルに比べたら、もう、立派な男性といえた。

白いシャツも黒いズボンも古びてはいたが、不潔さはない。ジルがルネに借りたものよりも、いくぶん上等な服を着ているように思えた。

「君は?」

差し出された手をはたき落とす気にもなれず、何となく手を借りて立ち上がると、彼はくすりと笑った。

嫌みはなく、人の好《よ》さそうな表情だ。

「君なんて、お上品だな」

ルネと同じことを言うんだな、とジルもまた不安になる。

目礼した青年は、「俺はダニエル。ダニエル・サレだ」と自己紹介をした。

帽子を脱いでいるのはジルに顔を見せるつもりだったらしく、すぐに彼はそれを被り直した。

「ふうん」

この男、いったい何の用だろう？

ジルはまるで値踏みをするかのように、相手を頭の天辺《てっぺん》から爪先《つまさき》まで、じろじろ眺めた。

「ああ、悪い、怖がらせたか」

あまりに警戒心の籠《こ》もった視線で見てしまったせいか、彼は困ったような顔になった。

「おまえ…いや、君、ジルだろう？」

ダニエルは『おまえ』という二人称を、素早く『君』と言い換えた。作為というよりもジルに合わせてくれているような人の好さを感じ、ジルは少しだけ警戒を緩めた。

「ルネに聞かなかった？　君の出迎えと面倒を頼まれてる」

「あなたが？」

「そう」

ごちゃごちゃしたパリは、危険に満ちている——らしい。

下手《へた》をすれば面倒に巻き込まれたり、命の危険だってあるのだとルネはさんざん脅かしてきた。それでルネから道案内と宿については手配しておくと言われていたのをジルは思い出したが、どこで落ち合うか子細《しさい》を聞いていなかった。

「無事見つけられてよかった。本当に、ルネそっくりだな。すぐわかったよ」

「僕も驚いちゃった」

「ここじゃ邪魔になるし、人が多すぎる。移動しよう」

「うん！」

背の高いダニエルの後ろをついていくと、彼は少し歩調を緩めてくれた。

大通りは埃っぽく、人が多くてまごまごしていれば誰かにぶつかってしまう。

こうして自分で歩いてみれば、ルネの言うことも少しはわかる気がした。

たとえば街には思ったよりもたくさんの人がいて、無秩序に動いている。

小柄な少年が街を歩く紳士にぶつかり、「ごめんよ」と気さくに声をかける。それからどうするのだろうとぼんやりと見守っていると、紳士ははっとしたように喚《わめ》きだした。

財布を掏《す》られたのだ。

こんなにあっさりと犯罪の現場に出くわすと思わず、ジルは目を瞠《みは》った。

「早速、下町の洗礼だな。あいつもぼさっとしてるのが悪いんだ」

ダニエルは何でもないことのように言うと、「ジル、金はあるのか？」と尋ねた。

「あまり」

普段出歩く習慣のないジルは、小遣いというものをほとんど持っていない。金銭の管理はヴァレリーに一任されていたし、欲しいものを言えば全部誰かしらが買ってきてくれたので、商店に行く必要もなかったのだ。

「さすが御曹司《おんぞうし》だな。じゃ、今夜の飯は俺が奢《おご》る。でも、明日からは自分で調達しろよ？」

「どうやって？」

「稼ぐ……のは、無理か。仕方ない、貸しにしといてやる」

ふっと一度だけダニエルはため息をついた。

「あ、でも、これならある」

ジルはそう言って、胸ポケットに入れておいたペンを差し出した。

「万年筆？」

「そう、おばあさまにもらったんだ」

「――だったら、こいつは受け取れないな。大事にしておけよ」

「いいよ、また買ってもらうから」

「次があるかなんて、誰にもわからないだろ」

「え……うん……」

どういう意味かわからず、ジルは中途半端に頷いた。

「早くしまっとけ。誰かに取られたら困る」

ジルは慌ててそれを胸ポケットに収めて、ボタンを嵌《は》めた。

「さ、始めるか。まずはこれがサン＝ドニ門だ」

「すごく、大きいね」

物珍しさから見上げた門は巨大な白い建造物で、鳩がたくさん止まっている。ジルよりも遥《はる》かに大きな彫像がファサードに装飾され、迫力があり人目を惹いた。

「この界隈は物騒だから、あまり来ないほうがいい」

「そうなの？」

「ああ。危ない場所はいくつもある。気をつけて歩くんだ」

「わかった」

「今から行くのは俺のねぐらだ。よく頭に叩き込んでおけよ」

「はい」

一とおり注意したダニエルは路地を自在に歩き回る。これじゃ二度と来られないかもしれないと、ジルは通りの名前を必死で覚えた。

「ルネとの約束は……三日、だったな？」

どこか遠慮がちな声に、ジルはこっくりと頷いた。

「そうだよ」

「その三日は泊めてやることになっている」

「ありがとう、ダニエル」

ジルが声を弾ませると、彼は眩《まぶ》しいものを見るかのように瞬《まばた》きをした。

「……いいよ。このあたりは柄が悪い。ま、ルネに手を出す命知らずはいないけど、気をつけろよ」

「ルネって手が早いの？」

「そう、ああ見えて腕っ節はまずまずだ。それに、口が立つからな。やり込められたくないだろ、誰だって」

そのあたりは、ルネとジルとではだいぶ違うらしい。

「ここが奇跡小路だ」

「わあ……」

路地の入り口では足を引き摺《ず》った年寄りや、腕に包帯を巻きつけた中年の男が蹲っている。フィーユ＝デュー修道院が近いとかで、路地は迷路のように入り組んでいた。

人が一人やっと通れるような路地は、高い建物に陽光を遮られて薄暗い。加えて湿度は高く糞尿《ふんにょう》の臭いすらして、ジルは顔をしかめた。

「免税民の溜まり場になってるんだ」

免税民というのは、働けずに税金を払えないから税を免除されている階層のことで、奇跡小路には多く住んでいるのだという。

ジルはその存在を、ルネに聞いたとき初めて認識した。

「最近は家賃が高くなってこういう地区は減ってるけど、ここの家主は金がなくて建て替えられないらしくてね。それで、この界隈だけが奇跡的に残ってる。まあ、だから奇跡小路って言うわけじゃない」

パリの都市としての体制が整い市内に人口が集中するにつれ、限られた都市の不動産は価値を増した。おかげで家賃は上がり、それに耐《た》え得るだけの収入がない労働者は郊外で暮らすようになった。また、区が新設されてパリの面積自体が拡張し、新しい地域がそういう層を吸収している。

アルノー家も財源の多くは、買い占めたアパルトマンからの家賃収入に頼っていた。

「奇跡小路の説明はルネに聞いたよ。面白い由来だね」

「面白い、か。ま、そうとも言うな」

案内されたのは三階建ての大きな木造建築だったが、見るからに古びた集合住宅《アパルトマン》だ。塗装は剥《は》げ、柱など傾《かし》いでいて今にも潰《つぶ》れそうだった。

玄関を入ってすぐは階段になっており、多くの部屋にたくさんの人間が住んでいるらしい。

階段は狭く薄暗いし、一歩進むごとに床板が軋《きし》む。

今にもおばけが出てきそうな不気味さに、ジルは微かに不安を覚えた。

じめじめした二階の廊下の突き当たりにある部屋の前で、ダニエルが足を止める。

「ここが、ダニエルの家?」

「そうだ」

そう言ってダニエルは、狭い部屋にジルを通した。鍵はかけていないらしい。

粗末な木製のテーブルに、椅子が二つ。どちらも古くて揃《そろ》いではない。奥には少し大きなベッドがあり、小さな窓から意外にも陽光が入っていた。

煮炊きは暖炉でしているらしく、暖炉の前に鍋がつるしてある。

「仕事は何をしてるの？　ちゃんと働いてるんでしょう？」

清潔感のあるダニエルの風貌は物乞いとはほど遠く、この場所に住んでいるのも似つかわしくないように思えた。

「俺は時計職人だ。独立はまだ先だな」

「あ！　もしかしたら、ルネがよく通っているっていう？」

「知ってるのか？」

「うん。僕の同級生がルネを見かけたのはそこだもの」

「……そうか」

なぜかダニエルは沈んだ調子で頷いた。

「今回の遊びが終わったら、ダニエルの作った時計を買いに行くね。サン＝ソヴール通りだったよね」

ダニエルは暫《しば》しの間を置いてから、「嬉しいよ」と少し困ったような顔で笑った。

「あ、今日、仕事はいいの？」

「親方に休みをもらった」

彼は肩から提げていた鞄《かばん》を床に置く。

「行こう、街を案内してやる」

ダニエルは笑みを浮かべ、ジルについてくるように促《うなが》した。

「奇跡小路に住んでいるのは、みんな悪い人なの？」

「どうしてそう思う？」

「だって、いろいろな人を騙《だま》してるんでしょう」

「そうだな……そういう考えもある。でも、連中はきっと、騙されるほうが悪いって言うだろうな」

「厳しいんだね」

「騙さなければ、騙されるかもしれないからな」

彼の言葉は一つの真理かもしれないが、ジルにはまったく理解できなかった。

「ダニエルも悪党なの？」

「――どうだろうな。ただ、あとから住みついた割には、それなりに居心地がいい。だから、悪党なのかもしれないな」

ダニエルはジルを先導し、「まずはこの界隈をざっと教えるよ」と言った。

下町の細い路地を抜けていくと、キャバレーと書かれた店の前を通りかかる。

店の前に木製の椅子を置き、肩を剝《む》き出しにしたドレスというあられもない格好の女性が座って煙草《たばこ》を吸っていた。

当然、ジルの属している階級ではそんな格好をしている女性を目にすることはないので、これでは目のやり場に困ってしまう。そもそも女性の膚《はだ》は、大半が秘められている。だから人々は手袋の下にある手指の美しさに思いを馳《は》せるし、風でドレスが捲《めく》れて少しでも足が見えたときなど男性陣は大騒ぎをする――というのが、ジルの知る常識だった。

「あらァ、ダニエルじゃない。珍しいね、ルネと散歩?」

べったりした言葉遣いで話す女性はふうっと煙を吐き出し、ダニエルとジルを交互に見据えた。

ルネというのが自分のことだと気づき、ジルは慌てて会釈をする。

「まあな」

「たまには寄っていきなよ、あんたたちならおまけするよう支配人に言っておくよ」

「ここで借りを作るわけにはいかないよ」

ダニエルは右手を挙げ、あっさりとそこから立ち去った。

「寄らなくていいの?」

「俺は酒はあまり好きじゃないし、ああいう踊りも興味ない」

「どんな風に踊るの?」

「……どんな店か知らないとは、つくづく世間知らずだな」

ダニエルの言う踊りが気になったので、ジルはドアを開けっ放しにした清掃中の店の中を覗《のぞ》き込もうとした。

「危ない！」

突然、ダニエルが鋭い声を上げた。

同時に彼がジルの右手を引き、自分のほうへ引き寄せる。

「えっ⁉」

足が縺《もつ》れ、ジルはダニエルの胸に飛び込むかたちになった。

間近で嗅《か》いだダニエルの匂いは、ヴァレリーとは違う……。

「な、なに？」

「水たまり」

見れば道の真ん中に、びっくりするほど深い水たまりができている。舗装がいい加減なせいだろう。ここに落ちれば、間違いなく両足がびしょ濡《ぬ》れになる。

「ありがとう、ダニエル」

「ぼんやりしてると怪我《けが》するぞ」

「気をつけるね」

「あ、ちょっと待ってろ」

そう言ったダニエルはジルを通りの角で待たせると、自分は足早に一軒の店に近づいていく。

すぐに戻ってきた彼は、「ほら」と右手を差し出した。

美味《おい》しそうなプレジールだ。

砂糖の味が濃くてパリでは人気のお菓子だったが、虫歯ができるという理由でヴァレリーには一度も食べさせてもらえなかったのだ。

「いいの？」

「もちろん、おまえに買ったんだ」

ぱっと顔を輝かせたジルは、もらったばかりの焼き菓子に齧《かじ》りつく。

ふわっと甘いそれは、まるでお日様のようにあたたかい味がした。

「ダニエルは食べないの？」

「このあいだ食べたからな。――それで、次はどこへ行きたい？」

「どこか、お店を見たいな」

「店か……ちょうどいい、こっちだ」

「すごいな、ダニエルは。何でも知っているのか」

昂奮《こうふん》するジルに、ダニエルは肩を竦める。

「大したことじゃない」

その素っ気なさが、ジルの目にはとても新鮮に映った。

「十分に大したことだよ？」

声を弾ませるジルに優しいまなざしを向け、ダニエルは「次に行こう」とそっと手を引いてくれた。

「！」

祖母もヴァレリーも、いつも冷たいばかりで。

誰かに手を引かれるのは、もう、ずいぶん久しぶりのことだ。

ヴァレリーは絶対にジルには触れないし、祖母もあまりそういうことを好まない。

皆がジルと周りは薄皮一枚ほどの何か、触れられない膜があるかのように振る舞っていた。

なのに、ダニエルは違うのだ。初対面の人なのに、とても居心地がよく感じられた。

それが意外で、ジルは目を瞬《しばたた》かせる。

「どうした？」

「ううん」

こんな風に、あたたかい目で見られるのは初めての気がする。

「こっちだ、ジル」

「うん！」

帽子を深く被り直したジルは、ダニエルのあとをついて歩く。

ダニエルの案内で次に辿り着いたのは、見たこともないアーケードだった。

「ここは?」

「パッサージュ・デ・パノラマ《パノラマ街》。聞いたことないか?」

「あ、パリで初めてガス灯が点《とも》されたところ!」

「それもそうだし、いろいろなものを売ってるんだ。あとは、ルネが働いてたヴァリエテ座が近い」

ガラスのアーケードで頭上を覆われた通りは、雨でも傘がいらない特殊なつくりだった。折しも夕刻の光が降り注ぐ中、足許《あしもと》に落ちた影さえもとても幻想的だ。陽に照らされ、ショーウインドウに飾られた品物が宝物のように光っていた。

装飾品、ガラスの器、人形、絹のハンカチーフ、手袋、銅版画、本——目眩《まばゆ》いばかりの色の光景の中、どれもが気の利いたもののように見えて、ジルを昂奮させた。

「わあ……」

ウインドウに額《ひたい》をぴったりとくっつけて、ジルは煌《きら》めく装飾を施したオルゴールや望遠鏡に見入った。ダニエルに言わせると装飾は宝石じゃなくて色ガラスだそうだが、どれも本物のように輝いている。

「君は、箱入りだって聞いてたけど、街を見るのは初めて?」

「うん。いつも学校と家の往復だから。教会も近いし」

「そうか。じゃあ、思い切り楽しまなくちゃな」

「うん!」

何もかもが新鮮で、とても楽しい。

ダニエルみたいに有能な道案内をつけてくれるなんて、ルネは思ったよりもいいやつだ。

すべてが終わったときには、時計を買うだけじゃない。謝礼を弾まなくちゃいけないだろうと、ジルは考えた。

3

夢のように楽しい三日間は、あっという間に過ぎ去った。

ダニエルがご馳走《ちそう》してくれたので文句は言えなかったが、食事の量は圧倒的に少なかった。そもそも、ダニエルは基本的にバゲットしか食べないのだ。おかげでずっとひもじかったし、ベッドは硬くてつらかった。けれども、これから家に戻っていつもの生活に戻るのだと思えば、どうということはない不満だった。

「ありがとう、ダニエル。ここまででいい」

ルネと再び入れ替わることになったその日の朝、ジルはダニエルに向かって頭を下げる。

「どういたしまして」

「今度、おばあさまとヴァレリーに頼んで時計を買いにいくから！　サン＝ソヴール通りだったよね」

「——ああ、楽しみにしてる」

一瞬、ダニエルが苦いものでも含んだような顔つきになった気がしたのは、気のせいだろうか……。

時計を買いにいく話をするたびに、ダニエルは何か嫌そうな顔をするのだ。

もしかしたら、まだ時計職人としての腕がいまひとつで、店に来られても困るのかもしれない。

だが、そこを追及するとダニエルのプライドを傷つけてしまいそうで、ジルはその点を口にしなかった。

「じゃ、俺は仕事だから」

「うん」

ジルは既《すで》に歩き慣れた街で人波を器用に避《よ》け、半日ほど一人でぶらついてから、待ち合わせ場所である給水栓へ向かった。

少しは初心者っぽさが抜けただろうかと思うと、嬉《うれ》しくなって笑みが零《こぼ》れる。

パリの市内では水はこの給水栓から汲《く》むか、もしくは、それぞれの家にある井戸から汲むか、商人から買うかのいずれかだ。

ジルは水を汲みに来た人々の邪魔にならないように給水栓のそばに立ち、澄み渡る空を見上げた。

奇跡小路からは、小さな空しか見えなかった。

今、パリの大空はどこまでも高く、夕陽に染められた雲が切れ切れに浮かんでいる。

ぼんやりしているうちに、五時を示す教会の鐘が鳴り始めた。

一回、二回……。

冒険がここで終わるのはつまらなかったが、それならば、またいずれルネと入れ替わればいいのだ。

――だが。

足許《あしもと》の影が次第に伸びてきたのに、ルネは姿を現さなかった。

もしかしたら彼がやって来たのを見落としているかもしれないとあちこちに目を凝《こ》らしたが、あの特徴ある金髪は見えない。

「おかしいな……」

待てど暮らせど、ルネは待ち合わせの場所に現れなかった。

もともと気が長いほうではないだけに、ジルは焦《じ》れて苛々《いらいら》とあたりを歩き回った。

家に忍び込めたならば、抜け出すのだってわけないはずだ。実際ルネはそうやって出入りしていたのに、どうしたのだろう。

もちろん、どうしても出られないときには猶予《ゆうよ》を持たせるとは言ってあったが、今日こそ家に帰ろうと思っていただけに、落胆は大きかった。

とうとう陽が落ち、ガス灯の光が独りぼっちのジルを照らした。

おそらく、ヴァレリーに足止めを食っているのだろう。

これより遅い時間は抜け出すチャンスはないし、今日はもうルネと落ち合うのは難しいはずだ。

「…………」

ここにいても仕方ないので、ジルは真《ま》っ直《す》ぐにダニエルのねぐらへ戻った。

しかし、ダニエルの姿はなかった。

お腹《なか》が空《す》いた。

膝を抱えて寝台に座り込み、ジルは暗がりでダニエルの帰りを待つ。

だが、今夜は用があるのか、ダニエルは戻らなかった。

ルネどころかダニエルまで戻らないなんて、いったいどうなっているんだろう？

なぜだろう、不安は募るばかりだ。

わけのわからない胸騒ぎに揺れる心を押さえ込み、ジルは寝台に顔を埋《うず》める。ダニエルの匂いが残る寝台で目を閉じているうちに、自然と眠りに落ちていた。

そして翌日も、ルネは来なかった。

ダニエルも戻ってこない。

ヴァレリーの監視が厳しかったりして抜け出せないときは、三日までは日程に余裕を持たせる約束だ。

アルノー家に忍び込んだ罪で、ルネが警察に突き出されたりしていなければいいのだけれど……。

　不安を覚えつつも、ジルは五日目を過ごした。

　ひもじいままの二晩目は、躰《からだ》に力が入らなくて倒れそうだった。


　空腹からろくに眠れぬまま六日目の朝を迎えたジルは、もう我慢できないと決心した。

　ヴァレリーに自分の所行がばれてしまったって、構わない。

　飢えるのも嫌だし、こんな汚い環境に留め置かれるのも御免だ。

　だって、最初は新鮮で楽しかった奇跡小路での生活も、今となってはおぞましい。さっさと終わりにしなければ、おかしくなりそうだ。

　何よりも、ダニエルすら戻ってこないというのが不安で、いても立ってもいられなかった。

　奇跡小路からチュイルリー公園近くのアルノー邸までは、ジルの足なら四、五十分ほどだ。徒歩で行ける距離だし、今までそうしなかったのは、ヴァレリーに見つかるのを恐れていたせいだった。

　見慣れた鉄製の黒い門。

　普段は馬車でくぐり抜けるその門に近づいていくと、こっくり居眠りしかけていた門番が急に目を覚ました。

「何だ、おまえ」

「何って、この家に帰ってきたんだ」

「帰る？　妙な餓鬼《がき》だな。物乞いはさっさと出ていけ」

あまりの言いぐさに、ジルはぽかんとする。

「物乞いとはふざけるな。おまえ、主人の顔を見忘れたか？」

この服装では説得力がないだろうが、ジルは被《かぶ》っていた帽子を脱いで真っ向から門番を見据えた。

「主人？　ああ、主人って、まさかジル様のことか？」

「ほかに誰がいる」

心なし胸を張ったジルだったが、それを聞いた瞬間、門番は弾《はじ》かれたように腹を抱えて笑いだした。

さすがのジルも気を悪くするような、文字どおりの嘲笑《ちょうしょう》だった。

「馬鹿なことを言いやがる」

「どういう意味だ」

「ジル様はずっと家におられる。特にここのところ具合が悪くて寝込んでいたからな」

吐き捨てるように言われ、ジルはふんと鼻を鳴らした。

「それは僕の身代わりだ。僕が本物のジル・アルノーだ」

「はあ？」

男は馬鹿にしたような顔つきで、腹を抱えてげらげらと笑った。

「おまえ、梅毒にでもやられて頭がおかしくなってんのか？　その歳《とし》で可哀想になあ」

悪し様《あざま》に言われたものの、それが何を意味しているのかジルにはわからなかった。

いつも乗り越えたくてたまらなかった鉄製の門は、今日はジルが外の世界からあの中に帰るのを拒んでいるのだ。

それが口惜しくて、ジルは手をぎゅっと握り締める。

「とにかく、入れるんだ。これ以上足止めさせる気なら、おばあさまに頼んでおまえを解雇してもらう」

「馬鹿も休み休み言いな」

こうなった以上は、もう、ヴァレリーにすべてが知られてしまっても構わない。

どんな叱咤《しった》でも受け止めるつもりなので、ヴァレリーを呼んでくれと言いたかった。

「水をぶっかけられたくないなら、帰った帰った」

まるで犬猫にするかのようにしっしっと追い払われかけ、あまりのことにジルは真っ赤になった。

「いい加減に……」

怒鳴りかけた、そのときだ。

「何の騒ぎ？」

邸宅の中から誰かが近寄ってきたので、ジルははっとする。

まさか。

「——ルネ……」

見違えるようだった。

上等なシャツにベスト、上着、ズボン。ぴかぴかに磨き上げられた靴。髪はきちんと梳《と》かされ、心なし、膚《はだ》の色まで白くなったようだ。

まさに御曹司という風情《ふぜい》のルネが、ジルを見てやわらかく笑んでいる。

門扉越しに見える彼は、以前よりもずっと美しく見えた。

たかだか五日や六日のことなのに、人は衣装と振る舞いでこんなにも変わって見えるものなのか。

「坊ちゃま、もうお加減はいいんで？」

「うん、すっかり」

具合が悪かったと言うが、本当だろうか。

ルネの顔は血色がよく、唇もつやつやしている。

「この子、物乞い？」

ルネの唇から零れたその言葉に、ジルは頭を殴《なぐ》られたような衝撃を覚えて立ち尽くした。

「そうです、坊ちゃま」

途端にしおらしくなり、門番は揉《も》み手でルネに答える。

「可哀想だから何か恵んであげるよ。少し待たせておいて」

「慈悲深いお言葉ですが、そんなことは」

「たまにはいいこともしなくちゃ」

「ルネ、おまえ……！」

耐《た》えきれなくなって門扉に縋《すが》りつくと、鉄製の扉はジルの体重を受け止めてがしゃんと音を立てた。

ルネが軽蔑《けいべつ》を露《あらわ》にしたまなざしでジルの顔を見やる。

冷えた、目だった。

「どういうつもりだ！」

「どういうとは？」

「僕を騙《だま》したのか⁉」

「何のことか、わからないな」

あくまでしらばっくれるルネに、ジルは混乱を覚えた。

もしかしたら、自分のほうこそ夢を見ていたのかもしれない。

そう思えるくらいに、何もかもがおかしかった。

「こいつ、頭でもおかしいようで」

「可哀想だけど、困ったね。警察でも呼ぼうか」

「なら、サビーヌを出せ！」

「サビーヌ？　あの子ならいないよ」

淡々と答えるルネの演技は、完璧だった。

まるで最初からブルジョワの息子だったように、立ち居振る舞いも流麗だ。もともと利発そうな顔をしていたので、衣服を整えて仕種《しぐさ》に気をつければ、どこに出してもおかしくないような立派な御曹司だ。

「いない？」

自分の身の上を説明する共犯者がいないと言われて、ジルは思わず問い返した。

「暇をもらって郷里に帰ったんだ。もともと母親の具合が悪いようだったからね。ちょっとしたボーナスをもらって、喜んで帰っていった」

流暢《りゅうちょう》な言葉遣いは、下町の下品なそれとは違う。

すっかり上流階級らしさを身につけているルネに、ジルは空恐ろしさすら覚えた。

どうしよう。

誰なら自分をわかってくれる？

「何をしているんです？」

あの麗しい低音が鼓膜を擽《くすぐ》り、ジルははっとしてそちらに視線を向ける。ルネの背後から大きな足取りでやって来たのは、ヴァレリーだった。

「ヴァレリー」

ルネとジルの声が重なり、一つの音楽のようになった。

そうだ、ヴァレリーだ。

もうずっと自分を見守っていたこの男ならば、きっと、ジルを認識してくれる。

縋るような目でジルはヴァレリーを見つめ、門扉を握り締めた。

「ヴァレリー、おまえならわかるはずだ」

ジルの声を聞いたヴァレリーは怪訝《けげん》そうな顔になってジルを片眼鏡《モノクル》のレンズ越しに凝視し、それから、小さく頭を押さえて息を吐く。

やった。これは、面倒な事態になったときのヴァレリーの癖だ。

ヴァレリーは自分が騙されていたことに気づき、その失態を嘆いているに違いない。

「困りましたね」

ヴァレリーはそこで言葉を切り、視線をルネに移した。

どきっとしたようにルネが目を軽く瞠り、ジルはその様子に心中でほくそ笑む。

「せっかく真面目《まじめ》に勉強をするようになったと思えば、こんなところで物乞いと喧嘩《けんか》ですか」

——え……？

「ごめんなさい、違うの。喧嘩なんてしていない」

しおらしく目を伏せるルネをヴァレリーは優しく見つめ、そして、門の外に立つジルに対して鋭い一瞥《いちべつ》を向けた。

「どこからそんな物乞いを呼び込んだんです？」

門番は「こいつが勝手に来たんで」と、もごもごと言いながら弁解する。

「僕だ、ヴァレリー！　主人の顔を見忘れたか？」

ジルの言葉を聞き、ヴァレリーは呆気《あっけ》に取られた顔つきになる。

「どういうことですか？」

「それが、自分はジル様だと……」

門番がそう説明すると、ヴァレリーは深く頷《うなず》いた。

「確かに、身なりを除けば顔立ちはよく似ておられる――が、物乞いと一緒にされてはアルノー家の品格に関わる」

何を言っているんだ、こいつは。

呆然《ぼうぜん》とするあまり、声が出てこなかった。

胸が、痛い。

「構わずに追い返してください」

「かしこまりました、ヴァレリーさん。二度とこの家に近寄らないよう、躰《からだ》に教えてやりますよ」

信じられない。

唖然《あぜん》として立ち尽くすジルをよそに、ルネが甘え声でヴァレリーに向き直った。

「行こう、ヴァレリー。あとで、あの子に施す服をあげてもいい？」

「そんな親切をすることはないのですよ」

「だって、可哀想なんだもの。僕に似ているってだけで、親近感が湧くし」

「わかりました。待たせておきなさい」

くるりと踵《きびす》を返し、ルネとヴァレリーが館《やかた》に向けて立ち去ってしまう。

「おい、ルネ！　ヴァレリー……ヴァレリー！」

嫌だ。

あそこにいるべきは、自分なのに。

ヴァレリーの隣にいるのは、彼から様々な情を注がれるのは。

たとえ軽蔑でも怒りでも何でもいいから、ヴァレリーからの感情が欲しかった。

だから、ジルはこれまで必死に反発し続けたのだ。

なのに、今、ヴァレリーの傍らにはルネが立っているのだ……。

ややあって、門前まで戻ってきたヴァレリーが門番に何かを渡す。門番が出てきて、ジルに「ほら」と布包みを渡した。

「これは……？」

「さっき言われたろ。坊ちゃまが用意した古着だよ」

「ヴァレリー！」

立ち去ろうとするヴァレリーに、ジルは必死で呼びかけた。

そこで一旦、ヴァレリーが足を止める。

振り返った彼はジルを見やり、そして冷ややかに口を開いた。

「ここはあなたの来るべきところではありません。以後、二度と顔を見せないようにな」

凍りついたジルは、その場に呆然と立ち尽くした。

暫《しば》く門前に立っていると、木桶に水を汲んできた門番が近づいてきたので、このままでは水をかけられるとジルは急いでそこから立ち去る。

未練がましく何度も何度も振り返ったものの、誰も声をかけてくれない。

何もかもが、嘘だ。

これは悪戯《いたずら》だと、演技だと言ってほしい。

なのに、誰もジルにはそうしてくれなかった。

自分は見捨てられたのだ。

工具を使って器用な手つきで小さな蓋《ふた》を閉めたダニエルは、時計をやわらかな布で拭《ふ》き、満足げな顔になる。親方の美しい時計に出会って、ダニエルの人生は変わったのだ。

大学を中退したので弟子入りには年を取っていたのに、親方は熱意を認めて、理由は聞かずに雇ってくれた。おかげで時計職人としてはまだまだ駆けだしだったが、親方の言いつけで部品を交換したり、簡単な修理ならばできるようになった。

「よし」

小さく自分を元気づけるように呟《つぶや》いたのは、ここ数日、どうも気持ちが晴れないせいだ。

原因は明らかで、幼馴染《おさななじ》みのルネのせいだった。

ルネに頼まれたのは、ブルジョワジーの御曹司を暫く預かること。

――あれは二週間ほど前の話だった。

「ルネ、おまえ、髪、切ったら？」

目の前に座るルネは鬱陶《うっとう》しそうに長い前髪を払い、テーブルに載った煮込み料理の皿にフォークを突き立てる。古ぼけたマホガニーのカウンターに、くすんだ銀食器。店はくたびれて年季が入っているが二人の給仕はきびきびと働いているし、味はよくて何よりも安い。

この安食堂には、ダニエルが学生時代からお世話になっている。会話を楽しむ店ではないので長居は禁物だが、混んでいる時間帯を上手《うま》く外せば、そこまで嫌な顔はされなかった。

「やだよ。顔、見られると面倒くさい。そうじゃなくても、小道具の仕事してると舞台に出ろって言われるし」

「綺麗《きれい》な顔をしてるからな。援助してくれるやつでも見つけたらどうだ?」

冗談だったが暗に売春を仄《ほの》めかすと、ルネは肩を竦《すく》めた。

「じゃあ、ダニエルからお金をもらおうかな」

「……おい」

関係を持ったのは一度や二度ではなかったので、ダニエルはさすがに狼狽《ろうばい》した。

それを目にして、ルネはくっくっとおかしそうに笑う。

「躰を使うのは最終手段だな。おれは病気にはなりたくないし、のし上がるなら顔と躰以外のものを使いたい。おれにとって大事なのは頭と度胸だよ」

とんとんと自分のこめかみのあたりを突《つつ》いたルネは、熱っぽく言い切った。

それだけで、ダニエルが特別なのだと言われているように思えて、気分がよくなってしまうのだから我ながら単純だ。

「さすが、自信家だ」

夢を語るときのルネの目は、いつも炯々《けいけい》と燃えるように煌《きら》めく。

この意思の強そうな目に、ダニエルは惹《ひ》かれてしまう。そしてそれを見透かしたように、ルネは断りづらい頼み事をするのが常だった。

「で、頼みっていうのは？」

「ちょうどいいカモがいるんだ。お金持ちの坊ちゃまで、おれにそっくりでさ。そいつが――」

その話の流れでルネが持ち出したのが、入れ替わりという単語だった。

「あっちが入れ替わりたいって言ったのか？」

「ま、そういう感じかな」

断言しないあたり、ルネが上手く口車に乗せて、自分から「入れ替わる」と言わせたに違いない。

「そんなわけで、お坊ちゃまはおれら貧民の生活を体験してみたいんだって。金持ちの考えてることはわかんねぇな。そのお坊ちゃまを、暫く預ってほしいんだ」

ルネはパンを齧《かじ》りながら、そう呟く。

「いいけど、期間はどれくらい？」

「あっちの希望は三日ってところだな」

「三日か、ちょうどいいくらいだな。お上りさんがパリを楽しめるくらいの日程だ」

三日、ルネが楽しい思いをできるのなら、それでいいかもしれない。

それなりの中流家庭に生まれたダニエルと違い、六歳下のルネは貧しいばかりの日々を送ってきたからだ。

「だろ？　でも、おれは一度入れ替わったら戻る気はないぜ。しがみついてでも出ていかない」

「どういう意味だ？」

「せっかくの旨《うま》い話なんだ。乗らなきゃ損だろ」

ルネは肉汁のついた指をぺろりと舐《な》め、おかしげに告げる。

赤い舌がちろちろと動き、その様に一瞬、ダニエルは見惚《みと》れかけた。

「待て、ルネ。話の意味がわからないんだが」

「要は、おれに居場所を明け渡すほうが悪いんだ。居座って、そのお馬鹿さんな御曹司の代わりに最大限に財産を利用してやるよ」

無理で、なおかつ無謀すぎる。

ルネは確かに、貧民街に押し込められておくにはもったいないほどに頭がいい。けれども、入れ替わりなんて大それている。まだ年若いルネがやるには、無謀に決まっていた。

それこそ内部に協力者がいなければ、絶対にすぐに気づかれてしまう。

「無茶を言うな。そんなのばれるに決まってる。刑務所にぶち込まれたいのか？」

「ばれないね」

ふふ、とルネは笑った。

「聞いたところじゃ、その坊ちゃまはわがままで人望もなくて使用人にも嫌われてるらしい。唯一まともに接点のある祖母は病気がちで食事時しか顔を合わせないし、家庭教師ともそりが合わない。友達もいなくて、学校ではひとりぼっち――入れ替わってくれと言わんばかりだろ？」

「どこがだよ」

ダニエルは顔をしかめた。

堅実なダニエルとは違い、ルネは大博打《おおばくち》を打てるタイプだ。それはわかっていた。

「上手くいったら、おまえにもいいように計らってやる。だから、おまえにはその坊ちゃまの始末を頼みたいんだ」

「できないよ。人を陥《おとし》れるなんて、俺にはできない。それに、やりたくもない」

「ダニエルはおれに借りがあるだろ」

言葉に詰まり、ダニエルはフォークをテーブルに置いた。

ダニエルはルネに対して、大きな借りがある。政治運動に失敗した友人を逃がすために、ルネがつてを最大限に利用して偽の旅券を作ってくれたのだ。おかげで彼は逃げ延び、今はイギリスにいると聞く。

「御曹司の座とパスポート……それじゃ釣り合わない」

「釣り合うよ、どっちも一人の命がかかってる」

同郷のルネは孤児で、引き取られた養親や妹とも死に別れ一足先にパリに出てきた。よく似ているという相手とはどこかで血が繋《つな》がっているかもしれないが、調べようもない。

――とにかく、そんなやりとりだった。

あのときは冗談だとばかり思っていたが、恐ろしいことに、ルネは本気だったのだ。

もう少し真剣にルネの話を聞いておけばよかった。

まさかルネが本気であの馬鹿げた計画を実行するとは思わなかった。

いや、入れ替わりだけならいい。問題は、その期間だ。

本気で坊ちゃまの座に腰を下ろして、そのままにしがみついて離れないつもりなのだろうか。

だとしたら、ルネにはもう二度と会えないのか。

そして、この街に取り残されたジルはどうするのだろう。行き場をなくしてダニエルのところへ戻ってこられても厄介だし、いい気分はしない。

高級な時計店なのでそもそもああいうわがままで小生意気《こなまいき》な坊ちゃまには仕事柄よく顔を合わせるが、ダニエルは彼らがどうしても苦手だった。

ジルは素直なところはいいし、基本的に人は悪くはない。しかし、金持ち特有の鼻持ちならないところがあり、できることなら関わりたくない。

それでも面倒を見たのは、ジルが驚くほどルネとそっくりの外見をしているからだ。

ルネのことをずっと憎からず思っていたし、彼には借りがある。

だが、じつのところはルネの計略が上手くいくとはつゆほども思わなかった。

今日こそは、ルネが戻ってきてくれるといい。

二人でまたあの店で旨い煮込み料理を突きつつ、上流階級の面白おかしい話を聞かせてほしかった。

「おい、ダニエル。そろそろ店じまいだ」

「はい」

時計の修理を終えたダニエルは道具をしまい、そしてそれを鞄に押し込む。

仕事場の掃除をしたところで、親方に「おまえは几帳面だなあ」と感心したように言われた。

何ごともきっちりしなくては気が済まない、四角四面な自分の性格がルネには窮屈なのかもしれない。

「たまには息抜きしていいんだぞ」

「でも、このあいだ休みをもらってしまいましたし」

「おまえは真面目でちっとも休まないからな。少しくらい休暇を取らないと、病気になっちまうぜ」

「気をつけます」

わけもなく落ち込んできて、ダニエルはため息をつく。

ジルが自分の家に転がり込んできたらと思うと空恐ろしく、ここ二日は帰宅する気分にもなれなかった。

馴染《なじ》みの女の家に泊めてもらい、やっと、帰る決心がついたのだ。

今日、ジルが戻ってこなければいい。

部屋で待っているのは、戦利品をがっぽり手にした幼馴染みのルネであってほしかった。

もしジルだったら、罪悪感に胸が塞《ふさ》ぐような思いをする羽目になるだろう。


これから、どうしよう……。

頭が真っ白で、何も思い浮かばない。

とぼとぼとタンプル大通りに戻ったジルは、本屋の脇にずるずるとへたり込んだ。こんなところに座ったら怒られるとわかっていたけれど、力が出ない。わけがわからないまま持たされた服の包みは、膝に置いていた。

ジルに目を留めて慰めてくれる人など、誰もいなかった。人々は知らん顔で通り過ぎていく。

何時間、そうしていただろう。

「ジル？」

「……ダニエル！」

人混みの中からジルを見つけて声をかけてきたのは、ダニエルだった。

そうだ。すっかり忘れていた。

ヴァレリーに否定されたショックで頭からすっかり吹き飛んでいたけど、ダニエルがいるじゃないか。

ジルとルネが入れ替わったのを知っている、唯一の人物。

声をかけてから後悔したのか、ダニエルが気まずそうな面持《おもも》ちになった。

その顔に、安堵《あんど》と憤怒が一気に入り混じり、ジルは弾かれたように立ち上がった。

「おまえら、ぐるだったんだろう⁉」

「何が」

ダニエルが呆気に取られている様子だったので、ジルはむっとする。

わかっていて引き受けたくせに、つくづく白々しい。

「ルネだよ。あいつ、僕を追い出した。僕に成り代わろうとしたんだ」

話しているうちに、怒りのほうが徐々に強くなってくる。街を行き交う人々は浮浪児の小《こ》競《ぜ》り合いに興味はないようで、あからさまに顔を背けていた。

「警察に訴えてやる！」

「よせよ、ジル」

冷静な口調でダニエルが制止する。

「どうして！」

「考えてもみろ。おまえとルネが入れ替わったって、誰が知ってる？」

「学校の皆は気づくはずだ」

「仲のいい友達でもいるのか？」

「――いない、けど……」

「ルネは上手くやるさ。おまえの家の人間さえ騙せれば、何の問題もない」

恐ろしい宣告をされているのに気づき、背筋が冷たくなる。

「だ、だって、じゃあ……僕はこれからどうすれば……」

「もう諦《あきら》めて、ルネとして暮らせばいい」

なげやりな台詞《せりふ》を聞かされ、ジルはかっとなった。

「冗談じゃない！　こんなゴミ溜《だ》めで暮らせって⁉」

ジルは声を荒らげて、ダニエルに剝《む》き出しの怒りをぶつけてしまう。

どこまでダニエルがルネに協力しているか、わからない。

あれほど親身になってくれたのは、ルネから分け前をもらうことになっているからじゃないのか。

「そんなことは言ってない。ゴミ溜めが嫌なら、どこへでも行けばいい。そう言うからには、一人でやっていけるんだろ？」

「………」

「じゃあな、ジル」

ダニエルが踵を返し、ジルをその場に残して歩きだしてしまう。

ぽつりと雨が降ってきた。

その場にジルは立ち尽くし、地面に目を向ける。

息が止まりそうだった。

何もかも、なくした……本当に？

たった一度の過《あやま》ちが、ジルの運命を変えてしまったのか。

どんと誰かがぶつかってきて、ルネに施された服を抱えたままだったジルは涙に濡れた目で相手を見上げる。

「何だ、痛いじゃ……おや、綺麗な顔をしているね」

ぶつかってきた紳士は、やわらかな声をかけてきた。

見ればきちんと正装を着こなしており、さも人好きのしそうな優しげな目をしている。

口髭《くちひげ》も清潔そのもので、ジルと目が合うと唇を綻《ほころ》ばせた。

「………」

「どうしたんだい、坊や」

坊やと言われるような年齢ではなかったが、砂糖菓子のように甘い口調に、ジルは縋りつきたくなった。

優しくしてほしい。

「……ッ」

途端に、涙がぽろぽろと零れてきた。

紳士はたじろいだような顔になったが、そっとジルの顔に浮かんだ涙をハンカチーフで拭いてくれる。自分の顔が汚れているせいで、白いハンカチーフまで薄汚れてしまう。

「行き場が、なくて」

しゃくり上げるようにジルが訴えると、紳士は「そうかい」と頷く。

「何か辛《つら》いことがあったんだね」

「……はい」

もしかしたら、この人ならばジルの窮状を理解して、警察に駆け込んでくれるかもしれない。

ルネの罪を暴いてくれるかもしれない。

髪を撫《な》でて、おまえは一人じゃないと言ってほしい。

おまえはジルだと。おまえこそが、ジル・アルノーだと。

「ああ、そうだ。今から、うちに来るかい？」

「え？」

「一晩、泊めてあげよう。あたたかいスープと寝床が恋しいだろう？」

「ありがとう、おじさん」

ほっとしたジルが泣きながら顔をくしゃっとさせて笑うと、紳士は「それでいい」と大きく頷いた。

「こちらだよ、ついておいで」

彼がジルを先導して歩きだそうとしたとき、誰かが目の前に立ちはだかる。

「待てよ」

押し殺した声で、ダニエルがジルと紳士を睨《ね》めつけた。

「おや、ダニエル。久しぶりだね」

ゆったりとした声音が、わずかに硬くなった気がした。

いったいどうしてだろう？

「マルセル、こんなところで仕入れか？」

「まだ仕入れとは決まっていないよ」

「そいつは俺が預かってるんだ。手を引いてもらおうか」

「何だって？」

男の顔がさっとかき曇り、その変化にジルは凝然と躰を強張《こわば》らせる。

まるで悪鬼のような形相になったからだ。

「それならそうと言えよ。ただ飯を食わせるところだった」

「悪いな。でも、そいつには二度と声をかけるなよ」

「頼まれても御免だね」

それまでの紳士然とした口ぶりは掻《か》き消え、マルセルはダニエルに汚い言葉を投げつけると、憤然とした足取りで去っていった。

「来い、ジル」

有無を言わせずにダニエルはジルの手を取り、どんどん歩いていってしまう。

彼は路地に入ると、そこで怖い顔をしてジルに詰め寄った。

「馬鹿か、おまえは！」

「何が」

「あいつは……マルセルは、肉屋ってあだ名の周旋屋《しゅうせんや》だ」

ダニエルは本気で腹を立てているらしく、その茶色の瞳には険しい光が宿っている。

どうして怒るのか、ジルには理解できなかった。

ルネと組んでジルを陥れたのは、ダニエルのほうではないか。

「周旋屋って？」

「売春宿に新しい娼婦を供給するんだ。おまえはあいつの眼鏡《めがね》に適《かな》ったんだろうな」

「売春……」

「肉を売るから肉屋。売春くらい、わかるだろ？」

おぞましい言葉に、ジルはさっと顔を曇らせた。

さすがに、それがどんな職業かはわかっている。

フランスにおいて結婚するときまで処女でいるのが望ましいとされているため、健全な男性は婚約者との婚姻を待ち侘《わ》びるか、あるいは売春婦と懇《ねんご》ろになるかで性欲を解消するほかない。

そのため、どこの街にも売春婦は溢《あふ》れていた。

また、噂によるとナポレオン三世は恋多き男で、王妃のほかにも幾人もの愛人を侍《はべ》らせて
いるそうだ。こうした性愛をおおっぴらに愉《たの》しむ風潮が下々《しもじも》にも波及し、娼館は繁盛してい
るらしい。

無論、それらはすべて、級友たちの世間話を漏《も》れ聞いて知ったことだった。

けれども、よりにもよって自分がそんな対象に見られるなんて、心外だ。

それとも、そこまで落ちぶれていると言いたいのだろうか。

「まあ、遅かれ早かれ、おまえも躰を売るしかなくなるだろうけどな」

「どうして」

「考えてもみろ。誰かがおまえをそこから助けてくれるまで、どうやって生きていく気だ？」

ダニエルに面と向かって問われて、ジルは言葉を失った。

自分の身分を証明するものは、何もない。

――何一つなかった。

今のジルは、無力な十五の少年だ。手に職もなければ、学があるわけでもない。

「今夜だけなら泊めてやるから、来い」

「……うん」

珍しく素直にジルは頷き、とぼとぼとダニエルのあとをついていった。

そうするほかなかった。


昨晩はよく眠れなかったので、歩いていると欠伸《あくび》ばかり出てくる。

ジルはダニエルが出勤しただいぶあとに学校に出かけた。

泊めるのは一晩だけだと宣言した割に、ダニエルはジルに「出ていけ」とは言わなかった。

何か起きたときのために帰る場所がある安心感は、大きなものだ。それでジルは学校に行く気力が出て、ダニエルが残していったバゲットを詰め込む朝食を終えると、初めて徒歩で学校へ向かった。

学友たちならば、ジルがルネと入れ替わっているのに気づいているかもしれない。

そう考えたからだ。

そもそも、ジルが通っていたのは貴族の子弟ばかりを集めた名門校だ。

ルネ如《ごと》きが長期間生徒になりすませるわけがない。

それでも固く閉ざされた門の向こうには入れず、授業が終わるまでそこで待つことにした。

校門のところで待ち構えていると、生徒たちがちょうど下校してくるところだった。

顔見知りの生徒がいたので声をかけようとしたが、彼らがルネと一緒であることに気づいて、ジルは慌てて樹陰に身を潜める。

ヴァレリーの乗る軽二輪馬車《キャブリオレ》が近づいてきた。

「ジル、今日の試験すごかったな！」

「そうそう、ラテン語の発音、綺麗だったよ」

彼らが口々に褒めそやしているのは、ジル自身ではなくルネのことだ。

「このところ休んでたあいだに、勉強したとか？」

「そうじゃないよ」

水を向けられ、ルネがはにかんだように微笑んだ。

その表情まで、ジルにそっくりだった。

「高熱を出して、死にそうになって考えた……やっぱり勉強をちゃんとしたいって。もっと友達と仲良くしたかったんだ」

これまでは同級生に話しかけられたことなんて数えるほどだったのに、ルネはとっくに彼らと親しくなっていたらしい。

楽しげな様子に愕然《がくぜん》とし、ジルは彼らに話しかけるきっかけを失ってしまう。

ルネは待ち受けていた馬車の前で学友達と別れ、朗らかに御者に会釈すると、ヴァレリーの待つ馬車に乗り込んだ。

一分《いちぶ》の隙《すき》もない身のこなしだった。

悪い冗談ではなく、ルネは本気だった。

悪戯《いたずら》でジルの地位をものにしようと言い放ったのではない。

彼は真剣に、ジルの地位を、アルノー家の跡取りの座を乗っ取ろうとしているのだ。

だとしたら、自分は何て恐ろしいことをしでかしたのか……。

ぞっと身を震わせて、ジルは自分の額《ひたい》に手を当てる。

頭が痛い。

どうすれば今までのようにふかふかのベッドで寝て、サビーヌに髪を梳かされ、ヴァレリーに叱《しか》られつつも勉強を見てもらう——そんな生活に戻れるのか、ジルにはわからない。

そのまま、ジルはふらりと足を踏み出した。

ざわめく人々の声。雑踏。残暑の気配。何かが腐ったような甘い匂い。

ついこのあいだまではわくわくしてジルを惹きつけてやまなかったもの、それらすべてがまるで、ジルを呑《の》み込もうとしているおばけのように思えた。

味方なんて、誰もいない——。

ヴァレリーが完全に騙されているくらいなら、祖母や従姉《いとこ》のローズだって、ジルが偽物と入れ替わっているのに気づかないはずだ。

ルネに対して懇切丁寧に指導をしたことが、完全に徒《あだ》になってしまったのだ。

きっとルネは、最初からジルを陥れるつもりだったに違いない。

甘かった。

世の中も何もかも舐《な》めてかかっていた、自分の覚悟の足りなさをジルは悔いる。

何度後悔しても、それは消えそうになかった。

肩を落としてダニエルの部屋へ向かうと、灯《あか》りが漏れている。

ドアをノックしたところ、すぐにダニエルが顔を見せた。

「ジル。何の用だ？」

少なくともダニエルは、ジルとルネを確実に見分けている。

そのことに安堵し、ジルは縋るような目を向けた。

「頼みがあるんだけど……」

「悪いけど、おまえを泊めるのは今朝までだ。もう、俺とおまえには何の関係もない」

「待ってよ！」

ドアを閉められそうになり、ジルは慌てて自分の足をそこに差し込んだ。

自分でもびっくりするような俊敏さだった。

「わかるだろう、俺だってかつかつの生活なんだ。金を稼ぐわけでもない相手を家には置いておけない」

信じ難い言葉に、ジルは目を瞠った。

「だって、ルネとここに住んでたんじゃないの？」

「ルネはおまえと違ってプライドが高いからな。稼ぎがないと一緒にはいられないからって、自分でやさを決めてたよ」

坊ちゃま育ちのジルと違い、ルネは遥《はる》かに肝《きも》が据わっているようだった。

そんなルネの強さを眩《まぶ》しく思いつつ、ジルは唇を噛《か》み締めた。

今、ダニエルが唯一、ルネとジルの存在を証明している。

ダニエルと離れたら、ジルは自分の過去さえ忘れてしまう気がした。

だから、離れてはいけない。

「どうした、ジル」

「——僕はどうすればいいのか、わからない。助けて……助けてください」

押し殺した声で言い募ったジルは、それきり俯《うつむ》いてしまう。

長いため息をついたダニエルは、仕方なさそうに「入れよ」とだけ言ってドアを大きく開けてくれた。

二つあるうちの椅子《いす》の一方には、いつもルネが腰を下ろしていたのだろうか？

「どうすればいいんだ……」

「この街にいたければ、自分で金を稼ぐんだな」

「それはもう聞いた」

けれども現実問題として、街にいるのは仕事にあぶれた連中ばかりだ。ジルは非力だし、そう簡単に仕事が見つかるわけがない。

「悪いけど、おまえみたいに騙されて転落するやつなんてごまんといる。おまえだけが特別なわけじゃない」

「――わかってる」

親が破産し、いつの間にか学校に顔を見せなくなった同級生。家を追われるように引っ越していった隣人。潰《つぶ》れてしまった商店。

そんなものを、ジルは微《かす》かに感じ取りながら生きてきた。

だが、それらは皆ジルにとっては他人事《ひとごと》であり、実感を伴ってはこなかったのだ。

「おまえは顔が可愛いからな。男娼になればいい」

昨日会ったあの男。

肉屋のマルセルという人物を思い出し、ジルはおずおずと顔を上げる。

「男娼ってどういう仕事？」

察してはいたが、往生際悪く聞かずにはいられなかった。

「躰を売るんだ。お前の場合、相手は男だな。おまえみたいな可愛いだけの子供を、ご婦人が買ってくれるとは到底思えないからな」

どういうつもりなのか、ダニエルはいつにも増して意地悪だった。

「男の人と、そんなことしていいの？」

「いいか悪いかじゃない。需要と供給の問題だ。世の中には、同性が好きなやつがいるんだ」

「そんな仕事、嫌だ」

「だったら、ここでずっと泣いてるか？　ルネに家も未来も盗まれたってめそめそしてる気か？」

「……まだ泣いてないよ！」

「でも、泣きそうだろ」

ジルは唇を噛み締める。

そうだ。

このままでいいわけがない。

何もかも奪われ、やられっぱなしで惨《みじ》めに転落していく——それが神の与えたもうた人生のわけがない。

「まあ、いい。とにかく今夜は泊めてやる。どうするかは、自分で考えろ」

「……うん」

そう言った途端に、きゅるきゅると腹の虫が鳴った。

「飯は……パンがあるな。ほら、半分食いな」

ダニエルはなんだかんだと面倒見がいいようだ。ジルにパンを半分寄越し、牛乳とパンの味気ない食事を終えた。

寝るための支度《したく》を調えたジルは、ここ数日そうしていたように、ダニエルの寝床に潜り込む。

少し鬱陶しいと思っていたはずのダニエルの体温が今日ばかりは心地よく、心細さがほんのわずかだけ薄れたような気がした。

だけど、本質的な問題は何も解決していないのだ。

ルネから何もかも取り戻すためには、どうすればいい？

警察に駆け込むのはいいが、虚言を疑われて感化院にでも送られるのは目に見えていた。

小説で読んだけれど、そこから逃げ出すのは容易ではないはずだ。

どうすれば、自分はルネに逆襲できるのだろう……？

そんなことを考えつつ、ジルは眠りの淵《ふち》に沈んでいった。

翌日、ダニエルが帰宅するとジルが俯いたままベッドに腰を下ろしていた。

その表情は見えないが、元気を出せと言うほうが無理だろう。

「ジル、いたのか」

「うん」

「どうした？　男娼になる気持ちは固まったのか？」

本当ならば、ジルなんてさっさと追い出したかった。

ダニエルはルネとは違う。

他人を陥れるのには、慣れていない。

そもそも、ジル自身には落ち度はないのだ。あるとすれば、ルネを懐《ふところ》に入れてしまったことくらいで、ある意味では不幸な事故と言えた。

だからこそ、落ち込んでいるジルを見ると、彼を追い出すために自分の心を保つのが難しくなる。彼を見ていると気の毒になるし、ざまあみろとは到底思えない。自分には関係ないと追い出すほど非情になれなかった。

ルネはジルのような甘ちゃんはすぐに混乱してしまうだろうから、そうすれば脳病院か教会に連れていけと冗談交じりに言っていた。ジルは病んだものとして、社会から抹殺されれば、ルネの地位は一生安泰だと。

だが、ダニエルにはそんなルネの書いたシナリオを決行する勇気がなかった。

それは本当に、この世からジルを――ひいてはルネの存在を消し去ることになるからだ。

どうして、闇《やみ》になんて葬れる？

ルネと同じ顔をしているのに。

彼と同じ、綺麗な顔、澄んだ目。

そこで、ダニエルははっとする。

顔を上げたジルの目には、炯々とした光が宿っていた気がしたからだ。

「決めた」

ジルは決然とした顔つきで、ダニエルの双眸《そうぼう》を射貫《いぬ》くように見据えた。

少し蒼褪《あおざ》めているのか、これまで以上に膚《はだ》が白く見えた。

「へえ、じゃあ、出ていってくれるのか？」

「行かない」

面食らったダニエルは、「何だって？」と聞き返した。

こんな狭い住《す》み処《か》で居候《いそうろう》をする気か？

ダニエルには彼を養えないと、何度も説明したつもりだった。

「僕はここにいる。ここで、ルネへの復讐の方法を考える」

「俺はルネの幼馴染みだ。そんなこと、許せるわけがないだろ」

刹那《せつな》、ジルが悔しげな顔になるのがわかった。

「それに、おまえは俺を信用するのか？　おまえを騙したルネの同類だぜ」

露悪的に言ってのけると、ジルは首を横に振った。

「僕はダニエルを信じてる」

「は？」

意味を摑みかね、ダニエルは短く問い返してしまう。

「ルネは僕を欺《あざむ》いたけど、だからといって、ダニエルもそうだとは思わない」

何をおめでたいことを言っているんだと、ダニエルは鼻白《はなじろ》んだ。

「そんなことくらいで、すべての人間に悪意があるなんて思いたくないんだ」

こんなに酷《ひど》い目に遭わされたくせに、それでも、ジルの中には強さがあるのだろうか。

「やめてくれ、ジル。俺はただ飯食らいを置いておくつもりはない」

「何でもするよ。だから、ここから追い出さないで。ダニエルが僕を追い出したら、僕は
……僕が僕だって確かめる手段がなくなっちゃうんだ」

ジルはそう言って、ダニエルの腕に取り縋った。

「男娼になれるか？」

「ダニエルがなれって言うなら。それしか僕にできないなら、なる」

「…………」

ダニエルは驚きのあまり、呆然とジルを見据えた。

「本気か？」

「うん」

「あのな、ジル。男娼なんて……この世界は一度なるって言ったら、後戻りできないんだ。それでもいいのか？」

昨日まで男娼になれと言っていたのだが、いざジルがそうすると言い出すと、ダニエルは戸惑った。

ダニエルだって、ジルが憎くて罠《わな》に嵌《は》めたわけではない。

ルネが好きだから、彼のために手助けしたのだ。

そこにはジルに対する憎悪などあろうはずもなかった。

他人を転落させてまで、自分の幸福を願えない。それがルネに甘ちゃんだと笑われる理由でもあった。

「いい」

仕事でダニエルがいないあいだ、一日、彼は何を考えたのだろう。

刺し違えてでもルネを告発する方法を、必死になって思い巡らせていたのかもしれない。

だけど、世知《せち》に長《た》けたルネには勝てないからと、男娼になる覚悟を決めたというのか。

「躰を売ることなんて怖くない。悔しいのは、何もできずに死んでいくことだ。ルネに最後にざまあみろって思われるような生き方なんて……絶対嫌だ」

ジルの緑の瞳は、今や怒りに燃えて更に激しく、エメラルドのように煌《きら》めいている。なんて目だ。

他人のそら似だと思ってばかりいたが、ジルの目が光り輝くのを見て取り、ダニエルは内心で息を呑んだ。

ルネも一緒で、怒りに燃えると、彼の目は宝玉のように凍《こご》えた光を放ったものだ。

ジルとルネの意外な共通点を感じ取り、ダニエルは奇妙な昂奮《こうふん》を覚えた。

「――いい覚悟だ」

ルネはきっと、ジルの中にある何かに火を点《つ》けてしまった。

もしかしたら、ジルこそがルネに仇《あだ》をなす眠れる獅子《しし》だったのかもしれない。

それとも、ダニエルの買いかぶりか？

「マルセルのところへ、明日にでも連れていくよ」

「うん。だけど、その前に、最初はダニエルがして」

「え？」

「僕をこんな風にした原因は、ダニエルにもあるんだよね。僕の初めてをあげるから……僕を見るたびに自分の罪を思い出せばいい」

ふっとダニエルは皮肉な笑みを口許に浮かべた。

「………」

お坊ちゃまのくせに、考えることは十分悪党ではないか。

ジルがルネへの復讐を果たせるとは到底思えないが、この覚悟は悪くない。

醜悪な中年男に抱かれるくらいなら、ダニエルのほうがまだましだという打算が見える。

だが、それでダニエルに貸しを作れるなら、安いものなのだろう。

「俺に罪の意識を植え付けるって？」

「うん。君は悪党の片棒を担いでるわりに、悪人には見えない。優しくて……人が好さそうだから」

「よく言うよ」

面倒は御免なはずだった。

だからここで突き放すのが、ダニエルの取る唯一の手のはずだ。

「やけっぱちになってるだけじゃないのか？」

「言ったよね。僕はこのままじゃ嫌だって。自分の道くらい自分で切り開きたい」

——見てみたい。

にわかに、好奇心が疼《うず》いている。

時計職人になると決めたときに、他者との関わりは捨てたはずだった。なのに、ジルはダニエルの中にある密やかなものを揺さぶってくる。

こういう輝きに、自分は魅《み》せられるのだ。

まるで原石のような可能性を感じさせる、未知の存在に。

「覚悟はできてるんだな?」

「当然だよ」

「だったら、おまえの貞操をもらって——そのあとで娼館に売り飛ばしてやる」

「それでもいい」

どうせ、一度男娼になればジルは落ちていくだけだ。

復讐なんて忘れて、その日暮らしのどこにでもいる娼婦と同等になるに決まっていた。

ダニエルはジルのそんな甘さを嘲《あざけ》り、そして——ひどく憐《あわ》れだと思ってもいた。

どうにかしてジルを助けてやりたいと、心の片隅で思っている。それは人としての善良さの表れか、それとも単純にジルを憐れんでいるのか、自分でもわからない。

だが、己のことさえもままならない世の中で、ジルを背負うのは無理だ。

だからこそ、彼を突き放す手立てが欲しかった。

これで深みに嵌まるかもしれないな、という予兆はあった。一度でも膚に触れてしまえば、情が生まれる。相手は一夜しか知らない売春婦ではなく、ここ数日行動を共にしていた少年だ。おまけに、ルネと同じ顔をしているのだ。

けれども、ジルの決めた悲壮な覚悟を否定できなかった。

本当は、怖かった。

怖くてたまらなかった。

でも、ジルにはもう何も残っていなかった――ダニエルを味方にする以外は。

味方という表現はおかしいかもしれない。

「服を脱いで、尻《しり》を出せ」

ダニエルの言葉を耳にして、一瞬、ジルは躊躇《ためら》った。

「裸になるの？」

「そうだ」

キリスト教徒は、裸体に対する本能的な嫌悪がある。そのため、上流階級では男性も女性も鎧《よろい》のようにきっちり服を身につけているのだ。

「いいから脱げ。できないならやめるぞ」

「脱いで、それで尻を出すって、どういう意味？」

「裸で四つん這いになれってことだ」

呆《あき》れたような物言いだった。

意味が、やはりわからない。

でも、そうするしかないのだろうか。

情けなさに泣きそうになりつつも、ジルはシャツのボタンを外していく。ズボンと一緒に安物のキャラコの下着を脱ぐと、ダニエルが「へえ」と呟いた。

「本当に色が白いな。どこもかしこも、真っ白だ」

「……………」

前を隠していたジルに、ダニエルは「そこに這え」とベッドを指さした。

戸惑ったまま言いつけに従ってジルがそうすると、ぴしゃりと軽く尻を叩かれた。

「ひゃっ」

子供のようなことをされて驚きに身を竦《すく》ませると、ダニエルが「色気がないな」と呟いた。

「痛いよ、こんなの！」

「ルネは違うんだ。あいつは少なくとも、色気だけはある」

「同じ顔なのに？」

やっと自分を取り戻して首をねじ曲げて訴えたジルに、寝台に腰を下ろしたダニエルは肩を竦めた。

「あいつは年季が入ってるんだよ」

「ダニエルは、ルネとこういうことしたの？」

「どっちだっていいだろ、そんなのは」

誤魔化《ごまか》す物言いに、彼はルネと寝たのだろうと直感した。

ダニエルはルネのことを好きなのだろうか。

たぶん、そうなのだろう。

でなかったら、こんな犯罪に手を貸すわけがない。

「ルネはおまえと同じ顔をしてるくせに、ベッドではすごいって評判だった。男も女も落とすってな」

「………」

「おまえの執事とやらも、今頃虜《とりこ》になってるかもな」

「やめてよ！」

悲鳴のように言ってから、ジルははっと口を噤《つぐ》んだ。

ルネのことだ。もしかしたら、あの堅物の心さえも奸計《かんけい》で手に入れてしまうかもしれない。

そんなのは、御免だ。絶対に許すものか。

ジルの気持ちを知ってか知らずか、ふっと息を吐いたダニエルはジルの肉づきの薄い尻を撫でる。

だからどうしてそこを撫でたりするのか、謎だった。

叩いたり、撫でたり——ダニエルのすることはよくわからない。

「本気で、いいんだな？」

「うん」

「まったく」

呆れたようにため息を一つつき、ダニエルがジルの腰に手をかける。

「練習だ。ここに指を挿《い》れてみろ」

「指？　どうして？」

「急にやれば、裂けるかもしれない」

「裂けるって……怪我《けが》するの？」

「ああ」

言われたとおりにジルはそこに指を押し当ててみたが、痛いだけで関節一つ分も入らない。

そこは排出する部分であって、挿れるための器官なんかじゃなかった。

入らないのも当然だ。

ダニエルは自分に嘘をついて、からかっているのではないのか。

「痛い……だめだ、無理だよ」

「無理でもするんだ」

「痛いよ……」

「仕方ないな」

呟いたダニエルは、何かを取ってくる。それから、ジルの掌《てのひら》に塗りつけてくれた。

「これ、何……?」

「クリームだ。これなら入るだろ」

「…う…ぅ…く……」

ダニエルがここまで用意してくれたのなら、もうできないとは言えそうにない。

仕方なくジルはそこに指を差し入れてみた。

痛い。さっきも言われたけれど、裂けそうだ。どうしてこんなことをするのかわからない。

「いたい……」

ぽろぽろと涙が零れてきた。

「どうすれば指が入るようになるか、自分で考えるんだ」

息を吸ったり吐いたりしながら、ジルは何とか第二関節まで指を埋めた。顎《あご》で上体を支える不自然な体勢に、肩や首の付け根が痛くなってくる。

「は、あ……あ……」

息を吐き出すようにして、苦痛も一緒に体内から押し出そうとする。

「仕方ないな。前を弄《いじ》ってみろ」

「前、弄るって……なに?」

「それもわからないのか?　信じられないやつだな」

呟いたダニエルがジルの下腹部に手をやり、力を失っている性器に触れた。

「ひゃっ！」

「まったく……ほら」

ダニエルがそこを撫でてくれたので、気持ちがそちらに逸《そ》れる。

最初はくすぐったいだけだったのに、次第に何とも言えない感覚が尾骨のあたりから立ち上るようになっていた。

「…ん、あ……あ…っ…」

「熱くなってきただろ。二本目も挿れてみろ」

「う……ぅう…ッ…」

それからまた時間をかけて、二本の指を埋め込む。その頃には躰は汗だくだったし、目には涙が滲《にじ》んでいた。

「こんなものか」

呟いたダニエルは、ジルに「抜いていいぞ」と言った。

中途半端に躰が火照《ほて》り、じくじくとした熱が中枢で渦巻いている。

「あの……」

「じっとしてろ」

ダニエルはそう言うとジルの背後に膝立ちになり、何かをそこに押し当てた。

「ダニエル……？」

「今のを忘れないで、楽にしてろ」

「え、あ、あっ……やだっ」

声が震えた。

押しつけられたと思った次の瞬間には、そこに何かが入り込んできたからだ。

首をぐっと捻《ひね》ったジルは、ダニエルが何をしているのか気づいて息が止まりそうになった。

嘘、こんな……こんなこと、するんだ……。

こんなことのために、指を最初に挿れるよう言われたのだ。

「やだ、や、あっ……ああんっ」

熱いものが遠慮なく入り込むのが痛くてたまらず、ぽろぽろと涙が零れた。

あり得ない。

こんなの、お医者様だってしない……！

「あー……あ、あっ……嫌……い、いれないで……いれちゃ、や…っ…」

「我慢しろ」

囁《ささや》くダニエルの声も、掠《かす》れている。

これは何なんだろう。

こんなの、知らない。

こんなに痛くて苦しいことを、男娼になったらしなくちゃいけないのか？

気持ちが悪かった。胃がひっくり返りそうで、涙が止まらない。

「おまえ、狭くて結構中は具合がいいな」

「ほんと……？」

褒められているとわかり、ジルはほっとした。

初めてだった。

いつも可愛げがないとかわがままだとか言われて、ジルは何一つとして褒められたことがなかった。

なのに、ダニエルは初めてジルを褒めてくれたのだ。

そう思った瞬間、じわりとあたたかいものが躰の奥から湧き起こってきた。

「んあ、は……あー……」

「男は締められるとよくなるんだ。……ん、そうだ、上手だな」

自分で何かしているつもりはないのだが、褒められると躰が緩んでくる。

「うれし……」

嬉しい。

少なくとも今はダニエルに恩返しできているのが嬉しい。安心したせいか、擦《こす》られた部分が少しずつ熱くなって、これまで知らずにいた新しい感覚が溢《あふ》れてくる。

「気持ちいいか？」

「え…あ…あ…んんっ…」

そうか……気持ちがいいんだ。

こうされると、気持ちいい。

さっきまで弄られていた性器がまた熱くなっている。

「どうした？」

「気持ち、いい……」

「意外と素質あるんだな」

またも褒められたと思い、ジルは安堵に微笑む。

「…きもちいい、ダニエル……気持ち、いい……」

「動くぞ」

そう言ったダニエルが、腰をぐっと後ろに引く。かと思えば、前に。

「ん、んっんあ……」

躰の奥深くを擦《こす》られる奇妙な感覚に、自然と声が揺らぐ。

「いい声だ」

また、褒められた。

嬉しくて悦《よろこ》びが増していく。それに、こうしているとあたたかいし……悪くはない。

「も、っと……言って……」

切れ切れな声しか出てこないが、ジルは懸命に背後のダニエルに訴えた。

「ん？」

「いい、って、いって……わるく、ないって……」

「ああ、おまえ……褒められたいのか」

どこか淋《さび》しそうな声で言ったダニエルが、耳許に唇を寄せる。

「いい具合だよ、ジル。申し分なく客を取れる」

そんな褒め言葉は、褒め言葉になっていない。

でも、それでも何もないよりはましだ。

「呑み込みがいいな。上手いよ、ジル」

「あ、あっ、ん、んっ……ああ…ッ…！」

びくりと大きく躰が震え、一瞬、視界も頭の中もすべてが真っ白になった。

「——なにか、出た……」

「こっちも出すぞ」

「え？　あ、あっあ……！」

生あたたかく白いもので腹を汚したと思って惚《ほう》けていると、ややあって、頭上からダニエルの小さな呻《うめ》き声が聞こえてくる。

次いで、熱いものがどっと躰に広がった。

熱い。

でも、この熱いの……嫌じゃない。それどころか、心地がいい……。

「これ、何……?」

「今のおまえと、一緒だ。おまえの中に出したんだ」

「出す?」

「射精だ。精液を出したんだよ」

「ふうん……」

そうか。

「ダニエルの精液、熱い……」

「馬鹿、おまえ。何言ってるんだ」

躰の中でダニエルが大きくなった気がして、ジルは目を瞠る。

「だって……ああ、あっ、また、うごくの?」

「煽《あお》るなよ」

腰を摑《つか》んだダニエルに欲望を叩きつけられ、ジルはそのまま嵐の中で揉《も》まれる小舟のように喘《あえ》いだ。

「な、にもしてない……あ、ダニエル、あ、動いて、中……変……ッ」

「それが煽ってるんだ」

誰かとこんな風に膚と膚を合わせて深いところで繋がる行為は、好きな人でなければ怖い。

ダニエルは――そんなに怖くはなかった。

どうしてなのかわからないけれど、それは初めての人だからだろうか？

そんなことを考えつつ、ジルは快楽の奔流《ほんりゅう》に身を委《ゆだ》ねるほかなかった。


躰が重い。

まるで全身が泥にでもなったみたいだ。

自分の輪郭さえ思い描けないほどに、全身が怠《だる》くて。

目を覚ましたジルは、ベッドが空なのに気づいて自分の目を擦《こす》る。

ダニエルはもう仕事に行ったのだろうか。

「ん」

「起きたのか」

痛む上体を起こして部屋を見やると、ダニエルが部屋の片隅にあった布包みを解《ほど》いていた。

「僕、どうだった？　男娼になれそう？」

「…………」

ダニエルは何も言わなかった。

「ごめんなさい、僕、だめだった？　僕だけ気持ちよくて、ダニエルに嫌な思いさせたの？」

それには答えずに、彼はジルが持っているのをすっかり忘れていたドレスを広げてその色と柄を示す。

「これは、おまえのか？」

「そうだよ。ルネが施してくれたんだ。古着屋に売れば金になるって」

じっとドレスを見ていたダニエルに、焦れてジルは「ねえ」と再び話しかけた。

「僕、だめだった？」

今度はもう少し勢いが落ち、阿《おもね》るように問うてしまう。

「……いや、そうじゃないよ。でも、あまり向いてないな」

「そう、なんだ……」

どこか答えづらそうに言ったダニエルは、それからドレスを持ってジルを見やった。

「だから、男娼なんて最後の手段にすればいい」

「どうして？」

「おまえには、男娼より向いてる仕事がある」

「何？」

「着てみろよ」

疲れていたけれど、ダニエルがそういうのなら従うほかない。

ジルはのろのろと起きだすと、裸のままコルセットを拾い上げた。

最初はつけ方がわからなかったが、ダニエルも同じらしく、手出しせずに椅子に座ったままそれを眺めている。

上半身裸のままのダニエルはよく見ればそれなりに逞《たくま》しく、引き締まった肉体をしていた。

ジルは何とかコルセットを身につけ、ペチコートを穿《は》き、見よう見まねでドレスをそれらしく着こなす。ズロースもあったが、それは気恥ずかしいので放っておいた。

最後に帽子を被り、やけくそになって振り向くと、目が合った途端にダニエルが小さく口笛を吹いた。

「変？」

「いや、どこをどう見てもお嬢様だ」

「お嬢様？　僕が？」

いったいどういう意味なのかと、ジルは小首を傾げた。

そうでなくとも無理なことをしたせいで躰が痛いのに、コルセットで締め上げられた部分が悲鳴を上げそうだ。

だが、この部屋には鏡なんて上等なものはない。

自分がどんな格好をしているのか、ジルにはわからなかった。

「そうだ。これでおまえの仕事ができそうだ」

「仕事って、何？」

「詐欺師《さぎし》だ」

けろりと言われて、ジルは顎が外れそうなほど驚いた。

「詐欺師⁉」

それって就職するようなものなのだろうか。

「綺麗だよ」

思いがけず真剣な顔で、ダニエルがそう言った。褒められているのかどうかわからないけれど、その口調があまりにも真に迫っていたので、ジルは頰《ほお》を染めてしまう。

「男娼、美人局《つつもたせ》に結婚詐欺……何でもできるな、おまえのその器量なら。白粉《おしろい》と口紅くらいは、投資に買ってやる」

おかしげに笑ったダニエルが、ジルの頰を撫でる。

「僕に犯罪者になれって言うのか？」

「男娼だって似たようなものだ」

ダニエルはそう言って、ジルに両手を広げてみせる。

「いいじゃないか、ここは奇跡小路《きせきこうじ》なんだ。男が女になるくらいの奇跡が起きたっておかしくはない」

「どうして、そんなこと……」

「おまえが開き直るなら、俺も一緒に開き直るだけだ。おまえがどこまでできるか、見届けてやるよ」

立ち上がったダニエルはそう言うと、一歩近づき、ジルの額にキスをする。

「それがおまえを巻き込むのを見ていただけの、俺の責任だ」

責任という言葉に、微かに胸が疼く。

だが、その胸の痛みがどうして生じるものなのか、ジルにはよくわからなかった。

4

奇跡小路の連中にはお上品ぶっていると笑われそうだが、ジルは「美人局《つつもたせ》」という言葉の意味さえ知らなかった。

「ふあ……」

寝ているあいだにダニエルは仕事に出かけてしまったらしく、固く干涸《ひか》らびたパンが一切れ、テーブルに置いてあった。

家事用の水は井戸まで汲《く》みに行かなくては、顔を洗うことさえままならない。

腹ごしらえをするか迷ったが、ジルは木製のバケツを手にすると髪を梳《と》かし、まずは階段を下りるのを選んだ。

「おはよ、ルネ」

アパルトマンの階段を下りていくと、上階から追いついてきた青年が声をかけてきた。

「……おはよう」

足を止めずに一階まで向かったところで、青年がドアを開けてくれる。これにはお礼を言わなくてはならず、ジルは振り返って「ありがとう」と小声で礼を言った。

「前髪、切ったんだな。そっちのほうがいいよ」

「うん」

二度も礼を言わなくていいだろうとそれで片づけ、バケツを手にしたジルは井戸へ向かった。

屋敷に住んでいたときは広い敷地の中に井戸があり、女中たちが交代に汲み上げていた。今は奇跡小路から少し離れたところに水を汲みに行き、零《こぼ》さないように慎重に持ち帰らなくてはいけない。

水を汲んだジルは、そこに並んでいる女たちの姿に目を留める。

生活に疲れたような女性の目には活気がなく、彼女たちは世間話すらしていない。

二往復して水を二杯溜《た》めたジルは、やっと朝食にありつけた。

美味《おい》しくもないもそもそとしたパンを齧《かじ》っているあいだに、惨《みじ》めさに涙が込み上げてくる。

パンにはバターが欲しかった。それから、飲み物には香りの高い紅茶かカフェオレ。新鮮なフルーツ。

そんな朝食を、もうずっと口にしていない。

使用人が支度《したく》をしてくれたものはどれも手が込んでいて、今更のように、彼らが心を砕いて料理を作ってくれていたことがわかった。

これが説話か何かなら、心を入れ替えたところで天使がやって来て、ジルを元どおりの暮らしに戻してくれるのだろう。

でも、これは物語でもお伽噺《ときばなし》でもない。ただの現実だ。

本来なら、この時間は窮屈な学校に通ってラテン語の授業を受けている時間帯だ。

ルネはジルの代わりに上手《うま》くやっているのだろうか。

苛立《いらだ》ちに胃の奥がかっと熱くなったが、ジルはそれをやり過ごした。

今は、ここでジルは命を繋《つな》がなくてはいけない。

ダニエルに追い出されたら、それこそ身ぐるみ剝《は》がされていいように利用されたっておかしくはない状況なのだ。

日々生活し、ルネからあの家を取り戻すための努力をする必要があった。

食事をしながら、ジルはダニエルに言われた美人局の計画を思い返していた。

——いいか、ジル。おまえは顔は綺麗《きれい》だし、上品な言葉遣いだから、下手《へた》にたくさんしゃべらないほうがいい。うぶな元ブルジョワっていう設定が生きるからな。

どうせ騙《だま》すのであれば、それなりに社会的に地位がある男を選ぶ。小金を稼いでも仕方がないし、小悪党を騙せば仕返しが怖い。その点、金持ちは勉強料として嫌なことを忘れるという発想の転換がある。

そういう男がいるのは、たいていはカフェなどの社交場だとか。

さすがに奇跡小路から美しいドレスで着飾っていくわけにはいかなかったので、布包みを手にしたジルは足早に部屋を出た。

先に洗濯屋に寄ってダニエルの服を洗濯に出す。まごついていると、引っ越したばかりの学生と思われたのか、店員が笑いながら仕組みを教えてくれた。

それから、テルミナ大通りの近くにある空き家へ向かう。ダニエルに教わって昨日のうちに下見を済ませた。そこの裏庭に入り込んで着替えができるし、荷物を隠しておける。あのあたりならば、ひょいと令嬢が出てきたとしてもおかしくはない。

ジルは茂みの陰で衣服を脱ぎ、女物の下着であるズロースを穿《は》いた。

それからコルセットを手に取った。コルセットで胸まで覆われるため、乳房がなくても相手にはわからないだろう。自力できつく締めるのは困難だったが、何とかぎゅうぎゅうと締めつけた。その上からペチコートを穿く。

ここまでは練習どおりだ。

それから、緑を基調とした軽やかなドレスに袖《そで》を通した。

小さな手鏡しかなかったが、これで悪くはないはずだ。

とはいってもカフェに入る金はないので、ジルを誘ってコーヒーを飲ませてくれるような相手と知り合わなくてはいけなかった。

要するに、この計画はとても手間がかかる。

ジルに対する嫌がらせとして、ダニエルはこの計略を考えたのではないか。そう思うくらいに、面倒な計画だった。

でも、男娼になるよりはましだ。

ダニエルに触れられたときは心地よかったけれど、それをほかの男と体験できるとは到底思えない。

帽子を被《かぶ》ったジルはカフェの前を手持ちぶさたにうろうろしてみたものの、誰も目をくれなかった。

寧《むし》ろ、本職の娼婦たちに怪訝《けげん》そうな目を向けられるばかりだ。

何の収穫もなく家に帰ったジルを、ダニエルは「仕方ない」と言うばかりだった。

それでも二日続けて店の前を歩いたが、はかばかしいことは何もなかった。

着慣れないドレスで移動するのはかなりの重労働で、ドレスを捲《めく》ってみると足がぱんぱんになっていた。

空振りの二日間が過ぎた。

ジルは廃屋でドレスを脱ぎ捨て、いつもの質素な白いシャツと黒いズボンを身につける。のろのろと帰宅すると部屋にはまだダニエルが戻っておらず、ジルは情けない思いで寝台に腰を下ろして膝を抱えた。

やっぱり、こんな計画はおかしい。無理がありすぎる。

悶々《もんもん》としているうちに、ダニエルが帰ってきた。

「ただいま」

「……お帰り」

「その分じゃ、まただめだったのか？」

肩を落としたジルの様子から、ダニエルは計画の失敗を悟ったようだった。

「うん」

「それ、店の選び方が悪いんじゃないのか？」

あっさりとダニエルに言われて、ジルは「わからないよ」となげやりに答える。

「みんな僕に見向きもしないんだ。そんなに魅力ないのかな……」

「さあな」

「でも、ちゃんと相談に乗ってよ！」

「まあ、待てよ」

ぶつぶつと文句を言うジルに対して、ダニエルは聞く気持ちもないらしい。

それもまた腹立たしかったが、彼が夕食の支度をしているので、ぐっと我慢する。

ダニエルは疲れているであろうに、薄味のスープを作ってくれた。

もちろん具になるようなものはほとんどなく、野菜の切れ端が浮いているだけだ。それでも、パンだけで過ごした朝食よりはずっと満足度が高い。

それに、最後の最後でダニエルがおたまに半分だけ、ジルの皿に多く盛りつけてくれたのを見逃してはいなかった。

要するに、彼なりに労《ねぎら》う気持ちはあるようだ。それがわかっただけでも、よしとしなくては。

「とにかく、今日もただぶらぶらしただけで終わったんだ。美人局は僕には合ってないってことじゃないかなあ」

どっちにしても、女装して犯罪に手を染めるなんて気が進まない。向いていないことにして、さっさと別の仕事をしてみたかった。

ジルがそう話しかけると、ダニエルは素っ気なく首を横に振った。

「どうだろう。できるともできないとも断言しかねるな」

「じゃあ、どうしろって」

もっとダニエルに手伝ってほしかったが、彼は日中仕事があるので無理は言えない。

そもそも、こうしてジルの身柄を引き受けてくれたのだって、有り難い話なのだと思わなくてはいけない。

「カフェはごまんとあるんだ。おまえが引っかけられそうな抜けたやつがいる店だって、一軒くらいはあるだろ」

スプーンを振るダニエルに言われて、ジルは首を傾《かし》げる。

「とにかく、二日で諦《あきら》められたって困る。ただ飯食らいを置いておくのが、俺にとっては一番の損失なんだからな」

「……わかってる」

ジルは渋々同意を示した。

確かに、ダニエルの言うとおりだった。

「頑張れよ」

「うん」

今日ばかりは素直にダニエルの言葉を聞き、ジルはこっくりと頷《うなず》く。それを目にしたダニエルは何か言いたげな顔になったが、次の言葉は特になかった。


三日ほど空振りの日を過ごして、ジルはついに方向を転換することに決めた。

昼間にカフェを巡るのはいいが、客の多くはブルジョワジーの若造で、政治論議や文学談義をしたりとやけに騒々しい。おまけに彼らはたいてい恋人を伴っているので、ジルには入り込む余地がないのだ。

考えた末にジルは娼館のある地区に足を延ばすことにした。

ダニエルはやめておけと反対したが、ほかにやりようがないのだから仕方がない。

場所は前もってダニエルに聞いていたし、街を歩き回っているうちに見当がついた。娼婦はそれぞれ開放的な服装で、客が来るのを待ち受けていたからだ。

彼女たちと違い、きっちりと首までボタンで締めつけたドレスを身につけたジルは、いかにもうぶな雰囲気だろう。

「あっ」

そうしているうちに誰かにぶつかってしまい、ジルは小さく声を上げた。

「これは失礼、マドモアゼル」

「ごめんなさい」

四十くらいだろうか、中年の男はそこそこにいい身なりをしている。

彼はジルのあちこちを検分するような目で見ていて、舐《な》め回すような視線に少しばかり不快になった。

けれども、女性の格好をするようになってからじろじろ見られる機会が増えたのは仕方ないので、ジルは首を傾げる。

「こんなところでどうしたんです？　ここは、あなたのような若い貞淑な女性が来るようなところではありませんよ」

「あ、の……私、お金が、なくて」

ジルは俯《うつむ》き、それからそっと自分のうなじのあたりに手をやる。

髪を売ってしまったのだと、無言で示すポーズ。

「――ああ」

男は合点《がてん》がいったように呟《つぶや》き、そして、頷いた。

「だからこんなところへ来たんですね。でも、あなたのように美しい人が金で貞潔を売り渡すのには早すぎる。私でよければ相談に乗りますよ」

「でも」

会話の中で、相手を一度は疑わなくてはいけない――それはダニエルに言われていた。

お互いにことが上手く運べば不審に思うからだ。

とはいえ、今のは演技に近い。ルネに欺《あざむ》かれたくせに、どうしてだかこの男を信じてしまいそうになる。そんな空気を彼は醸し出しているのだ。

「安心してください。神にかけて、パリで身売りをするような真似はさせませんよ」

「本当ですか？」

「ええ」

男の言葉に、ジルはほっと唇を綻《ほころ》ばせる。

「ありがとう、親切なムッシュー」

「どういたしまして。これから話をしつつ、食事はいかがですか？」

「よろしいんですか？」

「もちろん」

まさか、こんな風に親切にしてもらえたうえに食事を奢《おご》ってもらえるなんて思ってもみなかった。だんだん、美人局をしたいのか、それとも誰かに助けてもらいたいのか、その境界線が曖昧《あいまい》になってきている。

「お嬢さん、お名前は？」

「…アナベラです」

咄嗟《とっさ》に口をついて出た名前は、母のものだ。

今となっては誰も呼ばないその名前を、ジルだけは忘れたくなかった。

「どこか、行きたい店は？」

「ええと……じゃあ、『カフェ・リッシュ』へ」

グラン・ブールヴァールでも有名な店の名前を挙げると、彼はひゅうっと口笛を吹いた。

「よく知っていますね、お嬢さん」

「本で読んだんです。ここの名前しか知らなくて」

含羞《がんしゅう》を見せるジルに納得したらしく、男は「行きましょう」と誘った。

カフェ・リッシュは夜遅くまで開いていて、享楽好きの男女の定番なのだとか。

ダニエルにも、何かあればここに上手く男を誘うようにと言われていた。店さえ決めておけば、ダニエルが駆けつけてくれるはずだというのは安心感がある。

しかし、目当ての店は満席で、ジルたちは隣のカフェに入った。

洒落《しゃれ》た内装の店に入ると早速料理を頼み、男はワインを飲み始めた。

「ここは私の故郷でも評判を聞きますよ」

「故郷はどちらですか？」

「マルセイユなんですが、いいところですよ。パリもいいが、マルセイユはもっといい」

潮の匂い、海風、鷗《かもめ》の声。

一度は行ってみたくなるような巧みな風景描写には、つい、引き込まれてしまう。

パリに外海はなく、ジルが海を見たことがないのも、彼の話に引き込まれる理由だった。

「今宵、行き先は？」

答えられずにジルは俯く。

「では、うちへ来るといい」

「え」

「あなたのような美しい人をパリに放り出すほど、私も悪人ではありませんよ」

「ありがとう、ございます」

この人なら、信じてしまっていいのだろうか。

ルネやマルセルのこともあるけれど、話が巧みで優しい男の言葉に、ジルはすっかりぐらついていた。

何よりも、女性に対して酷《ひど》いことをする男がいるわけがないというのがジルの中にある常識だ。この男も悪い人間ではないはずだ。

「さあ、私と一緒に」

「…………」

それでも信じきっていいのかは、わからない。

昔のジルなら一も二もなく男についていっていただろうが、今は多少の警戒心ができている。

不安に惑うジルの右手を引き、男はぐっと摑《つか》んだ。

「あっ！　離してください！」

「いいから、来い」

痛みに顔をしかめ、ジルは現実に引き戻される。

こんな風に乱暴な振る舞いをする人間が、本物の紳士のわけがなかった。

ダニエルの言うとおりだ。

娼館のある界隈で相手を見つけようなんて、そんなことを考えなければよかった。

「──待ちな」

暗がりから出てきたのは、ダニエルだった。

彼の存在を認識し、ジルは安堵《あんど》の息を吐く。

「何だ、おまえは」

「あんたはマルセイユの周旋屋だろ」

ダニエルはジルの肩を摑むと、庇《かば》うように自分の背中に隠した。

「――同業者か？」

男の全身に緊張が漲《みなぎ》った。

「そんなところだ。人の商品に手を出したらどうなるかわかってんだろ？」

押し殺した声でダニエルが言い、男を睨《にら》みつける。

「まだ何もしてねぇよ」

「こいつの腕、見てみろ」

ふてぶてしい態度で男がジルの腕に目を落とし、痣《あざ》になった部分を見て取って舌打ちをした。

「何だ、本当にいいところの嬢ちゃんらしいな」

「傷物にした詫《わ》びはしてくれるんだろ？」

「大袈裟《おおげさ》……まあ、仕方ないな。金で片をつけよう」

男は大袈裟だと感じたようだが、すぐに意見を引っ込めた。

最後のジルに対しての振る舞いは、言い逃れしようがないものだったからだろう。

「いいぜ」

男は紙幣を何枚か取り出すと、それをダニエルの手に押しつける。そして、ジルに「とんでもない玉だな」と吐き捨てた。

「行くぞ」

ダニエルはジルの腕を引くと暫《しばら》く歩いていき、そして、街灯の下で「馬鹿！」と叱《しか》りつけた。ダニエルの額《ひたい》にはうっすら汗が滲《にじ》み、相当疲れているようだった。ダニエルは頰《ほお》を紅潮させ、とても怒って見えた。

「勝手に違う店に入って……心配しただろう‼」

「……ごめんなさい」

「あいつはマルセイユから来てる周旋屋なんだ。あっちはあっちで、ブルジョワ崩れみたいな女も人気があるからな。上手く騙して汽車に乗せようとする」

ジルは目を丸くする。

「そうだったの？」

「つくづくおまえは、男をその気にさせる見かけなんだな。口車に乗せられて、マルセイユまで連れていかれるところだったんだぞ」

ぐうの音も出ずに、ジルは黙り込んだ。ダニエルはすっかり呆《あき》れた顔つきでジルを見つめている。

「――まあ、いいか。飯は食えたか？」

「うん」

こくこくと頷くジルに、ダニエルは小さく笑った。

「ここの飯は旨《うま》かっただろ」

「美味《おい》しかった。でも、ダニエルのスープも負けてないよ」

「少しはお世辞も言えるようになったじゃないか。――とりあえず初仕事は上手くいったし、この金でもうちょっといい帽子を買うといい」

「わかった」

素直に頷いたジルの髪を撫《な》で、ダニエルはやっと手を離してくれた。

摑まれていた手が、まだ、熱い気がしていた。


一人で帽子を買いにいったジルは、たまたま女主人が試作したものを安く譲ってもらえることになった。それならばすぐに手に入るうえに、相場よりぐっと安い。

ダニエルに帽子代として渡されていた金で払っても思いがけず硬貨が何枚か余り、ジルは嬉《うれ》しくなった。

帰り道に教会に寄りたかったので、そこで献金できるとほっとする。

犯罪で稼いだお金を、自分の楽しみに使うのでは寝覚めが悪い。

ミサにも行っていないし、このお金で神の慈悲を乞《こ》いたかった。

奇跡小路から少し離れた聖ヨゼフ教会へ向かったジルは、木製の扉を押す。

聖堂は荘厳な空気が満ち、信徒たちが時間を忘れて祈りを捧げていた。

マリア像に近づこうとしたジルは、思わず足を止める。

床に膝を突き、一心に祈る男の姿に見覚えがあったからだ。

ダニエルは目を閉じ、何か熱心に祈っている。

声をかけていいのかと悩むほどの、真剣な姿だった。

いや、これは邪魔できない。

ジルは踵《きびす》を返し、もう一度大通りへ戻る。

ダニエルだって、ジルに言わずに教会に寄っているのだ。見られたと知れば、きっとばつが悪いだろう。

それに、ダニエルが祈っているのは自分のせいかもしれない。

一応はそこそこ真っ当に生きているダニエルに、美人局の片棒を担がせたのだから。

奇跡小路に戻ろうかと思ったそのとき、どんっとあたたかなものが背中に当たった。

「ルネ！」

後ろからぎゅっと抱きつかれて、ジルは思わずよろけそうになる。

「あ……えっと……」

「おれだよ、ジャック。まだおれとジョエルの見分けがつかないの？」

振り返った巻き毛の少年は自分の胸許ほどの高さの身長しかないし、おそらくまだ十前後だろう。同じアパルトマンに住んでいて、兄弟が七、八人はいるらしい。それはわかっているのだが、肝心の名前が出てこない。

「ごめんね、ジャック」

生返事をしたジルに、ジャックと名乗った子供は「まあ、みんな見分けつかないみたいだけどさあ」と笑ってみせる。

「こんなところで、どうしたの？　お祈りなんて柄じゃないのに」

「たまにはいいだろ。それより、ダニエルがいたんだけど……」

「ああ、何かあると祈りにくるみたいだよな。あれ？　ルネは知らなかった？」

「全然」

ルネと呼ばれるのには慣れていないが、仕方がない。

「こんなところまで来てるんだな。教会なら、もっと近くにあるのに」

「ほら、ダニエルが庇った学生がいただろ。あいつは聖母教会の司祭の息子だから、行きづらいんだよ」

彼が指しているのが誰のことかわからず、ジルが腑《ふ》に落ちない顔をしていると、ジャックは「忘れちまったの⁉」と頓狂《とんきょう》な声を上げる。

「忙しくて、住所までは」

「そっか。ダニエルもあそこの教会には寄りつかないからな。運動からも手を切っちゃったみたいで、みんなもったいないって言ってるらしい」

「よく知ってるな」

「へへ、靴磨きはカフェや食堂にも出張するからさ」

ジャックは得意そうに胸を張った。

「大学やめて時計職人を目指すなんて、ダニエルらしいよ。でも、才能あるんだって？　親方も先々はダニエルに店を任せたいみたいだけど」

「時計のことは、よくわからないよ」

それきり、何も言えなかった。

ジルばかりが、理不尽な荷物を負わされているのだと思っていた。

でも、きっとダニエルも、胸の淵《ふち》に沈めてしまったものがある。

本当は少しは変だと思っていたのだ。

奇跡小路に住んでいるにしては、ダニエルはいつもこざっぱりしているし、彼らに比べて比較的裕福だ。それなりに学がありそうでジルとも話が合うし、そもそも手に職があること自体が奇跡的だった。

悪党に染まりきれないダニエルが、現状を悔いて神に祈っていても何ら不思議はない。

ジルとルネの二人が悪いんだ。

そう思うと、胸の奥がぎゅっと痛んだ。

ダニエルのために、自分にできることは何かないだろうか？

「あるはずだよ。ダニエルは、そのときの友達とまだつき合いがあるのかな」

「あるはずだよ。ダニエルなしじゃ立ちゆかないやつらをまとめてたんだからさ」

そう聞かされて、胸がじわりと痛んだ。

「それって、つまり、その……革命とか？」

「そこまではいかないけどさあ。そういう話とか出ないの？」

「出ない」

「前から、ルネには関わらせないようにしてたもんな。それで秘密にしてるんだよ」

そう言われると、それ以上は聞けなかった。

「……あのさ、ジャック。頼みがあるんだ」

「ん？」

「買いたいものがあって……店を教えてほしいんだ」

恐る恐る頼んだジルの言葉を聞いて、ジャックは「任せときなよ」と胸を叩いた。

その晩、ダニエルは遅くに戻ってきた。

教会にいたのに、家に帰るまでに時間がかかった理由は不明だ。でも、何だかダニエルの秘密を二つ、彼に内緒《ないしょ》で知ってしまったようで心苦しくて——聞けない。

代わりにダニエルにお土産を買ってきたので、それを渡してジルの中にある罪悪感を消してしまいたかった。

「ただいま」

「お帰り、ダニエル」

ぱっと顔を上げたジルだったが、ダニエルの顔を正視できない。

どうしようかと口をぱくぱくさせていると、彼がテーブルの上にあるものに目を留めた。

「何だ、これ」

「プレジール」

蜂蜜《はちみつ》をたっぷり使った甘いお菓子は、なかなか庶民の口には入らないものだと聞いたことがある。最初に会ったときにダニエルが買ってくれたので、彼も好きなのかもしれないと思ったのだ。

気を取り直してあえて得意げに言ったジルの言葉を耳にした途端、ダニエルの表情が険しくなった。

「見ればわかるよ。おまえなあ……」

「これ、美味しいって聞いたから買ってきたんだ」

街に詳しいジャックの紹介してくれるお店だから、きっと信頼できるはずだ。

そう思って胸を弾ませて帰ってきたのだ。

教会に献金をするつもりのお金だったけれど、きっと、ダニエルがその分は献金箱に入れてくれただろう――そう期待して。

「いい加減にしろよ！」

初めは、何を言われているのかわからなかった。

怒鳴られたのだと自覚するまでに、暫《しば》しの時間を要したからだ。

「まともに金も稼げないくせに、何でお菓子なんて買ってんだ。それなら、もっと商売道具を増やすとかそういうことができるだろ⁉」

「…………」

いきなりダニエルが怒りだした理由がわからず、ジルは目を見開く。

だけど、これ以上事態を悪化させたくなくて、おどおどと「ごめんなさい」とだけ言う。

ほかに何を言えばいいのか、頭がぐちゃぐちゃで言葉が出てこない。

「ごめんなさい、ダニエル」

「もう、いいよ。それ食って寝てろ」

「でも」

「いいから、寝ろよ」

ダニエルはそう言い放ち、ぷいと身を翻《ひるがえ》して出ていってしまう。

あとに残されたのはお菓子の袋と空っぽのベッドだった。


——くそ。

これだから世間知らずで鼻持ちならない坊ちゃまは嫌なんだ。

なけなしの金で、よりによってお菓子なんて買いやがって！

無駄遣いもいいところじゃないか。

ダニエルは早足で歩き、路上に落ちていた小石を蹴飛《けと》ばした。

ルネが出ていってからというもの、自分は運に見放されたみたいだ。

ジルなんていうお荷物を押しつけられて、苛々《いらいら》することもある。本当は放り出してしまいたいのに、ジルがルネと同じ顔で——いや、もっと脆《もろ》い表情で頼ってくるから、放っておけない。

ジルを見つめていて生まれるのは、不快感ではない。何かあったら手助けしてやりたいと願う、庇護欲のようなものだ。

一度抱いたら情が移ったのかもしれない。そうでなくとも、ずっと憎からず思っていた幼馴染《おさななじ》みによく似ているのだ。

最初は突き放すために抱いたのに、ダニエルのすべてを受け容《い》れて悪党になろうとしたジルの覚悟を知った瞬間から、そうできなくなった。もちろん、抱けば情が湧くのではないかという一抹《いちまつ》の危機感もあったが、あれで自分の気持ちにけりをつけたかった。

おかげでまんまと絆《ほだ》されてしまった。

そのうえ、抱いてみてわかったのだけれど、ジルの躰《からだ》は……。

そこまで考えて、ダニエルは自分の耳が熱くなるのを感じた。一度深呼吸して、あのとき味わった彼の肉体の神秘を脳から追いやろうとしたが、無理だった。

ジルの肉体は、それほどまでに特別だ。

ジルの気質同様に素直で、一度蕩《とろ》けるとどこまでも男を受け容れて——あんな肉体の持ち主が売春などしたら、行為そのものに溺《おぼ》れて完全に身を持ち崩すのではないか。

無論、抱いてるダニエルのほうも我を忘れかけるくらいに、ジルの躰は凄《すさ》まじかった。

そのうえジルは、初めてだというのに快感を覚えてしまったようで、よりいっそう乱れてダニエルを驚かせた。

行為で快感を得、夢中になってしまうような人間が、躰を売れるわけがない。悪党になろうとしてもなりきれず、周囲の人間に利用されるのがおちだった。

だから、ダニエルが自分の手を汚すことを厭《いと》わず美人局の仕事を手伝ってやったのに、その稼ぎであんなお菓子を買ってきて喜んでいるなんて、ここでの暮らしを何だと思っているのか。

思考は振り出しに戻り、激しい怒りがダニエルの胃を熱く灼《や》いた。

少しは現実が見えるようになったかと思っていたが、あいつはただの甘ったれた小僧だ。

金なら少しはあるし、どこかで食事をして帰ろう。

学生向けの定食屋、安酒場、カフェ……どこでもよかった。

できることなら、当分、ジルの顔を見たくない。

酒を飲む気になれずにカフェに入ったダニエルは、たむろする学生たちを見てげんなりとした。出ようかと思ったが、店を変えるのも馬鹿馬鹿しかったので、空いた席に腰を下ろす。

世間知らずの学生は、基本的に今のダニエルとは相容《あいい》れない。夢見がちで地に足が着かず、プロイセンとの危うい関係や政治や経済の話に耽《ふけ》っている。何もかもが机上の空論だ。

どうせ田舎《いなか》に戻れば、政治や何やらと関わることもなくなるだろうに。

自分も昔はこうだったからこそ、気恥ずかしくなる。それを否定することは、ダニエル自身の青春を否定することでもあった。

「今の政治の体制はおかしい」

「ああパリの市民は皆、自由に飢えてる。ナポレオン三世はブルジョワジーしか見ていない悪《あ》しき為政者だ！」

聞きたくもない言葉が、耳に飛び込んでくる。うんざりとして席を替わりたくなったが、めぼしい席は埋まってしまっている。

「ブルジョワジーといえば、最近、アルノー家が盛んに教会やら修道院やらに寄付してるらしいな」

「アルノー家?」

知っている名前が出てきたので、コーヒーを飲んでいたダニエルは耳をそばだてる。

「そ、チュイルリー公園のところに家がある……」

「ああ、あの白亜の大邸宅か。今頃寄付なんてどうしたんだ? あそこの女主人は渋いんで有名だろ」

「女主人どころかしわしわのばあさんだぜ」

連中がどっと沸いた。

方針が変わったというのなら、それはルネのせいだろうか。

ルネは自分を孤児にして社会の最下層に追いやった体制を嫌っていたし、世間に復讐したいという気持ちが強かったようだ。

だから、ジルという格好の餌食《えじき》を見つけて彼が動きだしたのもわかるのだ。

そのために他人を陥《おとし》れていいとは、さすがのダニエルもちっとも思えないのだが。

「おい、あんた」

声をかけられてもダニエルは無視をしていたが、相手はしつこかった。

「ダニエル・サレか？」

先ほどの学生たちが、どうやらダニエルの正体に気づいたらしい。自分の名前をぴたりと言い当てられ、無視しきれなくなる。顔と名前が一致しているのであれば、知人の可能性も高かったからだ。

「そうだけど、何か？」

「驚いたな、まさか本物に会えるなんて」

「俺たちにとってはあんたは英雄なんだ！」

彼らが口々に捲《まく》し立ててきたので、ダニエルはゆっくりと右手を振った。

「そういう運動には興味がないんだ。悪いが、俺はもう引退した老兵だ」

「そんな……あんたならこの閉塞《へいそく》した状況に一石を投じることが」

「できないよ。圧力に負けて逃げ出したんだ。……じゃあな」

まだ熱いコーヒーを無理に飲み干し、ダニエルは立ち上がった。

思いがけず、早く家に帰る羽目になりそうだ。

それも嫌だと星明かりを頼りにダニエルが奇跡小路をぶらついていると、「あれ、ダニエル」と声をかけられた。

うんざりしながら振り返ると、ちびのジャックがにやにや笑いながらダニエルを見ている。

手には商売道具の靴磨きの鞄があった。

「仕事熱心だな、ジャック」

「今日は結構稼いだよ。ダニエルこそ、早く家に帰りなよ」

「何で」

「ルネがさ……ダニエルが帰ってくるの楽しみにしてたよ」

あのルネを思い出してダニエルはどきっとしたが、彼の言うルネとはジルのことだと思い直した。

「どういう意味だ？」

ダニエルが表情を変えると、ジャックは「あ」とまずそうに口を押さえた。

「いいから、言えよ。どういう意味だ？」

「……ルネがダニエルにお菓子買いたいって言うから、店、教えたんだ」

「あいつが？」

「そ。世話になってるお礼だって。らしくないよねえ」

つまり――彼は初めての稼ぎで、ダニエルのために買い物をしてくれたのだ。

「買ったのか？」

「一つだけ。ルネ、お金あんまり持ってないみたいだったから。でも、すごく嬉しそうだったよ。ルネってちょっと怖い印象あったけど、最近、すごく可愛いよなあ」

ジルにだって、買いたいものはあっただろう。したいことだってあったかもしれない。

なのに彼は、真っ先にダニエルのことを考えたのだ。

どうして、とダニエルは内心で苛立《いらだ》ちにも似たものを覚えた。

ダニエルはルネに荷担し、ジルが実家に帰れなくなる事態を作り出した。罪を犯さなくてはいけないように仕向けたダニエルだって立派な悪党なのに。

――可愛いところがあるじゃないか。

それは、ジルの天性の優しさであり、寛容さだ。

ジャックの言うとおり、ジルはルネに比べて可愛げがあるのだ。

つい破顔したダニエルは、それから表情を引き締める。

「ありがとう、ジャック」

「ん？　何？」

「……いや。すぐ帰るよ」

それからもう一稼ぎするというジャックとは別れ、ダニエルは帰路を急いだ。

これくらいのことで機嫌をよくしてしまうなんて自分でも馬鹿げていると思ったが、嬉しかったのだから仕方がない。

アパルトマンに足を踏み入れると、夜だというのにいつもの騒々しさだ。

すぐ上の階では何か宴会でもしているらしく大声が聞こえるし、子供の泣きじゃくる声、男女の痴話喧嘩《ちわげんか》とうるさすぎて眠れなさそうだ。

そんなにぎやかさとは切り離されたように、自分の部屋は静まり返っている。

ドアを開けても灯《あか》りはついておらず、薄闇が広がっていた。

「ジル、いるんだろ？」

返事はなかった。

仕方なく油を極限まで減らしたランプに火を入れると、暗がりで膝を抱えるジルの姿が浮かび上がった。

眠らずに待っていたらしい。

「ごめんなさ…」

彼の言葉を「悪かった」とダニエルは遮った。

「え？」

「悪かったよ、話も聞かないで。そのお菓子、俺のために買ってくれたんだな」

恐る恐るという様子で、ジルがこっくりと頷いた。

小さな頭が動き、金色の軌跡を作り出す。

「……うん」

「今から、食うよ。おまえも食うだろ？」

「でも、それ、ダニエルのだもの」

「半分こにしよう。こういうのは分けて食べるから旨いんだ」

「…………」

涙に濡《ぬ》れた目で、ジルがこちらを見ている。

やわらかな光を放つ目には、ダニエルに対する無辜《むこ》の信頼が宿っていた。

そんな目をしたら騙されたって仕方ないのに、なんて可愛いやつなんだろう。

——あ。

まずい。今、何か、すごく厄介な感情に気づいてしまったようだ。

時計の部品と部品を組み立てたときのように、胸の中の歯車が噛《か》み合ったのだ。

自分の中でジルに対する評価が確定したのを、ダニエルはまざまざと実感していた。

世間知らずで、わがままで、でも……可愛い。

ジルを、守ってやりたい。この両手で、できる限り。

「昔はこういうお菓子もよく食べてたんだ」

ジルに何か話をしてやろうと、ダニエルは不意に切り出した。

「昔？」

「そ。俺の実家はそこそこ金持ちで、俺を大学に送り出すくらいの才覚はあったけど、ルネは孤児だったからな。あいつは子供なのに、一人でパリに出てきた。幼馴染みって言っても、気構えが違うんだ」

「すごいね。ダニエルは、大学、やめちゃったの？」

「ん？　ああ、ジャックにでも聞いたのか」

「ごめんなさい」

重ねて謝るジルに、ダニエルは苦笑せざるを得なかった。

「謝るなよ、あいつはおしゃべりなんだ。勝手に話したんだろ」

そもそものおしゃべりのおかげで、ジルへの誤解が解けたのだから有り難い。

「政治運動に熱中したのは事実なんだ。でも、俺たちの理想はパリの市民に受け容れられるものじゃなかった。俺たちは勝手に、自分たちの気持ちを彼らに押しつけていたんだ」

机上の空論を市民に押しつけたところで、受け容れられるわけがない。

いくつかの警察や軍隊との小競《こぜ》り合いを経て、パリの市民は現状維持を欲しているのだと知ったダニエルは、何もかも諦《あきら》めることにした。

自分の手では何も変えられないと、思い知ったのだ。

「それに挫折したとき、突然、自分の人生が馬鹿馬鹿しく思えた。法学を修めたところでなれるのは弁護士か判事あたりだ。もうレールは敷かれてしまっている。それが嫌で、時計職人になることにしたんだ。そう決めたせいで親に勘当されて、食い詰めてここに転がり込んできた」

「…………」

「知りたいって気持ちもあったしな。社会の底辺に暮らす人たちの生活を実感しないと、革命なんてできないって。でも実際には、俺はそれに染まりきれないで中途半端なまんまだ」

「そうなんだ」

「だから、おまえの気持ちもルネの気持ちも、少しずつわかるってところかな。この世の中は矛盾している。その矛盾をどう解消するのかわからなくて、あいつが極端に走ったことも」

何もかもなくしたと思っていたけれど、今の自分には、ジルがいる。

ジルを助けて、革命に失敗した自分の罪悪感を埋め合わせているのかもしれない。

それは笑ってしまえるほどに、単純な心理だった。

ただの代償行為といっても差し支えないだろう。

だが、理由なんてどうだっていいではないか。

彼をいつか、実家に帰れるようにしてやりたい。

その願いは本物だ。

原動力など、どうだっていいはずだった。

ジルのために何ができるだろう。どうしてやれるだろう。

そう考えたときに、出せる答えは一つ。

元の場所に戻すことこそが、ジルにとっての最大の幸福のはずだった。

5

「困りますね。妹は嫁入り前なんだ。あんたはいったい何を考えてるんです？」

凜《りん》としたダニエルの発音は軽快で、しおらしく俯《うつむ》くジルの鼓膜を擽《くすぐ》る。

変装用の眼鏡《めがね》はダニエルによく似合っていて、どこからどう見ても真面目《まじめ》そうな事務員だ。

「いや、これは」

一見して気が弱そうな学生は、背広を着込んだダニエルとドレスも麗しいジルを交互に見て、もごもごと口籠《くちご》もっていた。

一刻も早く話をまとめてしまいたいと言いたげな学生は、自らダニエルに路地裏に行くよう促《うなが》した。おかげでゆっくり交渉ができるというものだが、彼はそれすら気づいていない。

「何です？　説明してもらえるんですか？」

「ええと、そういうつもりはなく……ただ、つき合いたかっただけです」

「あんたとつき合ったことで、妹に悪評が立つ。それは考えてくれてるんでしょうね？」

背がひょろりと高い学生は、困ったように視線を彷徨《さまよ》わせる。

「どういうことです?」

「妹と結婚できますか?」

「……それは……僕には、親の決めた許嫁《いいなずけ》がいるんです」

「では、それがわかっていてあなたは妹の純情を弄《もてあそ》んだと?」

責め立てるダニエルの声は厳しい。

ジルもそろそろ潮時だと思ったそのとき、学生が「どうすればいいんです?」と弱々しく切り出した。

「結婚もできないのでしたら……仕方ない。別の方法を考えましょう」

「お金、ですか?」

「……仕方ない。それでいいですよ」

ダニエルはさも気乗りしなそうに言ってのけた。

「金で片をつけましょう」

「いいんですか⁉」

「ええ、こっちだってあなたのような無責任な方と妹を結婚させるわけにはいかない。ですが、妹を暫《しばら》く静養させておく必要がありますからね。その費用が必要だ」

よくよく考えればおかしいことに気づくだろうが、学生は既《すで》にこの場からどうやって逃げ出すかで頭がいっぱいになっているようだ。

「わかった。明日には必ず」

「明日じゃだめだ。今夜中に金策してもらいます」

「今夜⁉」

「逃げられたら敵《かな》わないからな。アナベル、おまえは家に帰っていなさい。僕は彼のところへお金を取りにいくよ」

「……はい、お兄様」

作り声で言うと、ジルは一足先にその場を離脱する。ダニエルが逆上した学生に殴《なぐ》られたりしないよう祈りつつ、ダニエルが借りたホテルへ急いだ。

ダニエルの役回りは、妹が心配で田舎から出てきた兄だ。彼が泊まっているホテルという設定なので、おかしくはない。

モンマルトル大通りを急ぎ足で歩いていたジルは、慣れない女物の靴のせいで躓《つまず》いてしまう。

「あっ」

まずい、転ぶ……そう思ったが、寸前でそれは食い止められた。

「おっと」

すれ違い様に青年がジルに手を伸ばし、抱き留めてくれたのだ。

「すみません！」

「大丈夫ですか、美しいマドモアゼル」

いかにも人好きしそうな穏やかな青年は笑みを浮かべ、「失礼」と言ってジルから手を離した。

「ええ、もう大丈夫です。少しびっくりしてしまって……ありがとうございます」

目を伏せたジルを眩《まぶ》しげに見やり、彼は口を開いた。

「家までお送りしましょう」

「い、いえ、いいんです」

ジルは慌てて首を振る。どこの誰かは知らないが、当分美人局《つつもたせ》は休むつもりだ。あまり立て続けに仕事をすると、顔が割れる可能性が高いからだ。ほとぼりが冷めるまで待つつもりなので、たとえ無関係な相手であっても接触するのを避けたかった。

「私の名前はアンリです。アンリ・ヴァイエ。パリ大学の学生で、あやしいものではありません」

「親切でおっしゃってくださるのはわかっています。でも、私……馬車を拾うお金もなくて」

「――そうですか。嫌がるマドモアゼルに無理強《むりじ》いするのも、紳士的ではない。では、またお目にかかりましょう」

彼はジルの手を摑《つか》み、恭《うやうや》しく唇を押し当てる。アンリから離れたジルはゆっくりと歩きだし、二度と振り返らなかった。

宿に着いたジルは、顔を洗って化粧だけは落とし、一つしかないベッドに寝転がる。

ダニエルと暮らすようになって、二か月。

一緒に暮らしているうちに、彼がどんな人間なのか少しずつわかってきた。

ヴァレリーと違って、ダニエルは穏やかで優しい。ジルのことをどう思っているかは知らないけれど、へこんでいるジルが街で暮らせるように心を砕いてくれていた。

たとえば、あのベッド。

今までのベッドだと二人で寝るのが窮屈だからと、ダニエルが新しいベッドを買ってくれた。といっても広さが一・五倍になったくらいで二人で寝ていると相変わらず狭いが、それでもダニエルには大きな出費だったろう。彼がジルを同居人と認めてくれたのが、素直に嬉《うれ》しかった。

「でも、だめなんだよね……」

安ホテルのベッドも、あのアパルトマンのベッドも、自分の本当の生活じゃない。

慣れちゃだめなんだ、と、ジルはそう強く噛《か》み締める。

「何が、だめだって？」

不意に頭上から声が降ってきてジルが慌てて顔を上げると、ダニエルが立っていた。

いつの間にか、うとうとしてしまっていたらしい。

「お、お帰り、ダニエル。どうだった？」

「上々。明日は旨《うま》いもの食いにいこう」

「うん！」

ジルは声を弾ませる。

「そうやってると、ホントに女みたいだな」

「僕が？」

「そうだ。髪も伸びたし」

腰を下ろしたダニエルがジルの髪を優しく撫《な》で、指でくるくると巻き取る。慣れたその仕《し》種《ぐさ》に、ルネにもそうしていたのかもしれないと思うと、なぜか胸が痛くなった。

「百合《ゆり》の花みたいに清楚で、綺麗《きれい》だ」

「僕、美人局してる悪党だよ。そんなにいいものじゃないと思うけど……」

それを聞いたダニエルは、ぷっと吹き出した。

「おまえが悪党だったら、俺なんて大悪党だ。おまえの美人局なんて、犯罪にすら入らないよ」

「ダニエルが大悪党って」

それを聞いたジルは、弾《はじ》かれたように笑った。涙が出るまでお互いに笑ってから、ダニエルを上目遣いに見上げる。

「おまえ、脱がないのか？」

「面倒なんだもん……脱がせてくれる？」

「そんな格好してると襲われるぞ」

「誰に？　男だってわかってて、そんなもの好きはいないよ……」

「かもな」

軽い口調で言いつつ、ダニエルがジルの顎《あご》を舐《な》めてきた。途端に、心臓が激しく震えだす。あれから成り行きでダニエルとは何度かしたけれど、そのたびにどきどきしてしまう。

全然、慣れない。

「するの？」

「いいだろ？　もの好きなんだ、俺は」

帰りが思ったよりも遅かったし、ダニエルは酔っているのかもしれない。そう思ったが、ジルはダニエルを拒めなかった。

「だって、僕、男娼じゃ……ないよ……？」

「わかってる。おまえを見てると……その、ルネを思い出す」

なぜだかずきっと胸が痛んだけれど、彼がルネを抱きたいと思って自分に触れているのなら、身代わりになるほかない。

「ン」

撫でるような指先は少しごつごつしていて、ダニエルが職人なのだと意識する。太陽の下で見ると、彼の手には小さな傷がたくさんついているのがわかったものだ。

「あ……」

ドレスを捲《まく》り上げ、ダニエルの手がズロースと絹の靴下を脱がせて、露《あらわ》になったジルの腿《もも》を撫で回す。

「おまえ、灼《や》けないよな」

舌でダニエルに胸元を探られて、ジルは潤んだ目で彼を見上げる。

「そんなとこ、灼け……ん、ふ……ダニエル……」

同性同士で膚《はだ》を重ねるのは禁忌なはずなのに、そういうことをダニエルも意識してないのだろうか。

ジルはただ、生きるためにこの道を選んでいて、いいとか悪いとか善悪の基準を超えてしまっている。

考えておかなくてはいけないのに、ダニエルに触れられると、難しいことはまったく考えられなくなる。

それは、ダニエルじゃない人とこうしても同じなのだろうか。

「ジル」

ダニエルだけだ、今の自分をジルと呼んでくれるのは。

だから、それに縋《すが》りつきたくなってしまう。

「なに？」

「どうしてほしい？」

「触って……」

「いいよ」

彼の大きな掌《てのひら》がジルの性器を捕らえ、あやすように上下に扱《しご》いてくる。それだけでじわりと蜜が滲《にじ》み始め、ジルは小さく呻《うめ》いた。

「ふ……あ、あっ……」

快感を得るすべを教えてくれた人は、ダニエルが初めてだ。扱かれ、突《つつ》かれ、揉《も》み込まれていると、ここを玩具《おもちゃ》にしてもいいのだろうかと不安になってくる。

滅多なことでは触ったらいけないと教えられている器官なので、よけいに不安が募った。

「やだ、そこ、いじったら……だめ……」

「だめじゃないだろ、いいくせに」

「だ、だって……さ、されると、すぐ…感じて……」

「そうだな。おまえは感じやすい」

頭の中が真っ白になって、ふわふわして、自分が自分でなくなるみたいだ。

「あ、アッ、ダニエル」

切羽詰まった声が出るのは、射精の予兆を感じ取ったせいだった。

「いいよ、出して」

許可をもらうまでもなく、出さなければきっとどうにかなってしまう。

小さく声を上げて達したジルは、ドレスを半ば身につけたままの格好で射精していた。

「うそ……」

「大丈夫、汚してないよ」

「でも、これ……」

ダニエルはジルの蕾《つぼみ》を撫で、濡《ぬ》れた指で孔《あな》を掻《か》き混ぜてくる。それだけで、彼にやめてほしいと言おうと思っていたのを忘れてしまい、ジルは小さく声を上げるばかりになっていた。

どうして、こんなに……いいんだろう……。

「あ、あっ、あんっ」

「すごいな、引き込んでくる。このあいだまで何も知らなかったのに」

からかうような、感心するようなダニエルの声に、ジルの羞恥《しゅうち》は自然と煽《あお》られる。

「そういうの、やだ…言っちゃだめ……」

「ん、悪い」

ダニエルはくすりと笑って、ジルの中にゆっくりと身を沈めてきた。

「でも、おまえ……思ってること、全部口に出てるよ？」

「えっ？　あ、だめ、待って、そこ……や、ぐってしちゃ、だめ……」

「ほら」

「ひぅ……う、動いてる……ダニエル……な、なに……？」

ダニエルが何を言っているかわからないのだが、突然動きだされて、ジルはあっという間にものを考えられなくなった。

「…や、中、あつい…あ、あっ……やぅ…っ」

熱い。

ダニエルはジルをルネの身代わりにしているのだとわかっていたが、生身の彼を感じていられるのは心地よい。

自分はどうしようもなく堕落したと思う反面、それでもいいかと考えてしまうのは、彼の体温のせいかもしれない。

「こら、締めるな」

「ごめん、なさい……でも…ッ…しめちゃう、いいと、ぎゅってしちゃう……」

余裕のなくなってきたジルは切れ切れに訴え、ダニエルの背中に手を回す。広い背中は汗で湿っていて、それが嬉しい。

ダニエルの躰《からだ》に触れていられるのが。

こうして躰の奥底で繋《つな》がっていると、彼とぴったりと一つになっているような錯覚を感じてしまう。

「ん、んっ……あ、あっ……だめ、ダニエル……ッ」

声を上げて果てたジルの中に、ダニエルが精液を注ぎ込むのがわかった。

「熱い……」

「いい子だな、ジル。熱いのも好きだろ？」

「うん、すごくきもちいい……」

「おまえは本当に、男殺しだな」

囁《ささや》きながら、ダニエルはジルの汗に濡れた髪を撫でてくれる。

こういう気怠《けだる》い時間も、そう悪くはない。

心地よくて、穏やかで、そして夢でも見ているような気分になるからだ。


眠りに落ちたジルを見下ろし、ダニエルは息をついた。

ジルは少しずつ、この暮らしに慣れつつある。

それを嬉しいと思う自分と、反対に苦痛を感じている自分が併存《へいそん》していた。

いいことなのか、悪いことなのか。

坊ちゃまから貧民に転落する連中なんて、世の中にはごまんといる。ジルもその一人だと思えばいい。

けれども、その破滅に手を貸したのがほかでもないルネだからこそ、ダニエルは道義的な責任を感じていた。

こんなに無防備で無知な少年を騙《だま》してまで、ルネはいったい何をしたいのか。

復讐というのは、ダニエルなりの予想にすぎない。ルネの本心を聞いてみたかったが、あの頑固なルネが素直に口を割るとは到底思えなかった。

とにかく、どんな方法でもいい。

何としてでも、ジルを元の暮らしに戻してやりたい。

「………」

厄介なことだ。

最初の印象のまま、ジルが鼻持ちならない坊ちゃまのまま何も変わっていなかったら、こんな気持ちにならなかった。

でも、彼は彼なりに少しずつ変わっている。

今や誰かに何かをしてもらって当然とは思わないようだし、ダニエルに対しても感謝の気持ちと心遣いを見せる。

不遇な目に遭ってぽきりと心が折れるのかと思いきや、意外にも、しなやかな強さを発揮して美人局をするのを選んだ。

犯罪者になるのはどうかと思ったが、ジルの境遇ではそれが関の山だろう。

こうして小悪党になっても尚、ジルの根っこは善良だ。

そのせいか、掃《は》き溜《だ》めに咲いた百合《ゆり》のように、ジルは人目を惹《ひ》く。

いつまでも悪に染まらない、美しい花だ。

だから、こんな場所にジルを長く置いておくことが不安なのだ。

そのくせ、折に触れてジルに欲情してしまう。

悪癖を覚えさせてもいいことはないのに、喘《あえ》ぐ声の可愛らしさと、どこまでもダニエルを許す肉体の奥深さに魅《み》せられてしまう。

言い訳ができずについ、ルネの名前を口に出してしまったが、ダニエルはジルを欲しいと感じたのだ。

男娼ではなく美人局をさせようと思ったのも、今にして思えば、ジルに誰かが触れることが許せなかったのかもしれない。

「ったく」

こんな風に掻き乱されて、困惑して、彼のために何ができるのかをいつも考えている。

そばにいればいたで嬉しいのに、できれば手放したいなんて。

理不尽な感情に囚《とら》われて、胃が痛くなりそうだ。

この気持ちの原動力くらい、薄々勘づいている。自分はジルほど子供じゃない。

——好き、なんだ。

そう、気づくと好きになっていたからこそ厄介なのだ。

ダニエルは暫《しばら》く、ジルの寝顔を見つめ続ける。

むにゃむにゃと何か呟くジルのその無警戒な顔は可愛くて、目を細めた。

ジルはいつも真っ白で、穢《けが》れない。

ダニエルがどれほど穢したところで、その輝きは不変だ。

だからきっと、離れたらジルは自分のことなど忘れてしまうだろう。

ダニエルでは、ジルの中の汚点にすらなれないのだから。


「どいてどいて！」

アパルトマンの階段から駆け下りてきたのは、三階に住むジャックだった。

「おはよう。今日は早いね」

「よ、ルネ！」

「どうしたの、急いで」

ジャックは見るからに息せき切っており、汗を掻いている。

「飯を配ってるっていうから、行くんだよ。ルネもどう？」

「僕はいいよ。お腹《なか》は空《す》いていないし、今、買い物に行くところ」

「結構旨いぜ。昨日も表の孤児院であったんだ」

「そうなの？」

そんなに気前のいい話は聞いたことがないと、ジルは目を丸くした。

「最近、あちこちの教会や孤児院にかなりの額の寄付があるらしいぜ。何でも、ブルジョワのお金持ちがぽんと出してくれたらしい」

「そう」

「若いのにすごいよなぁ。俺、昨日、ちらっと見ちゃった」

「ふうん」

そうしたことにあまり関心はなかったので、ジルは半分上の空で頷《うなず》いた。

「行かなくていいの？」

「いけね！　……あ、でもさ」

「ん？」

「その金持ち、ちょっとルネに似てたよ」

はっと胸を衝《つ》かれたような気がして、ジルは言葉に窮した。

「おっと、じゃあ、またね！」

見間違いか。あるいは本当にルネなのか。ルネだとすれば、何か悪どい策略があってのことに決まっている。

ルネは私利私欲のためにジルを陥れた、最悪な人間だ。

せっかく手にした金を、他人のために遣うわけがない。

鬱々《うつうつ》と考え込んでいては、気持ちが滅入《めい》る。

「だめだ、だめ」

気持ちを切り替えなくては。

パリにおいて買い物は女の仕事で、青果商に行くと最初のうちは珍しがられた。庶民の多くは小間使いを雇っていたし、そうでなければ、自分で料理せずに惣菜《そうざい》を買うのが普通だったからだ。

でも、ダニエルはジルを人目につかせたくないらしく、基本的に自炊をしている。料理はダニエルのほうが上手だが、味つけはジルのほうに軍配が上がっていた。

青果商で新鮮な野菜と果物を手に入れたジルは、帰り道に広場の噴水の前で腰を下ろした。疲れたわけではないが、まだ、ひとりぼっちの部屋に戻りたくなかった。

何気なく教会を眺めていると、見覚えのある馬車が視界に飛び込んできた。

「！」

アルノー家のものだ。

ジルは弾《はじ》かれたように立ち上がり、その馬車に駆け寄ろうとした。おかげで途中で通りかかってやって来たほかの荷馬車にはねられそうになり、罵声《ばせい》を浴びせられる。

それでも馬車に近寄ったジルは、アルノー家の家紋が入った馬車をまじまじと見つめた。

それから、御者に見つかってはいけないと、急いで帽子を深々と被《かぶ》り直す。手近な街路樹の陰に隠れて、馬車の様子を窺《うかが》う。

「……ありがとうございます、ジル様」

自分の名前を呼ばれた気がしたが、そうではなかった。

教会から出てきたのは、ルネだった。

背筋をすらりと伸ばし、笑みを湛《たた》えるルネは、以前よりも華やかさと存在感を増している。

その証拠に、ジルが最初はヴァレリーの姿に気づかないほどだった。

「たくさんのご寄付、感謝しております」

「こちらこそ、受け取っていただけて嬉しいです。司祭様、皆の暮らしに役立ててください」

「あなたに神のご加護を」

おかげでルネが寄付をしたのだと、文脈からはっきりとわかった。

どうして？　人気取りのつもりか？

わけのわからない苛立《いらだ》ちが胃の奥から込み上げてきて、ジルがその手を握り締めた。

「！」

ルネが足を滑らせ、階段から落ちそうになる。

そばにいるヴァレリーはルネが転ばないように、先に進んで手を貸した。

「気をつけてください」

「ありがとう、ヴァレリー」

主従としての二人の絆《きずな》を感じ取り、ジルはますます強い怒りを感じた。

心の中で、熱いものが火を噴いたような——気がした。

嫌だ。

このままで終わるなんて、絶対に嫌だ。

ダニエルと一緒にいるのは楽しいし、彼の優しさはジルを癒やしてくれる。

でも、実のところダニエルは、ジルを通してルネを見ているだけだ。

今の生活に甘んじているだけでは、何の意味もない。

ダニエルとの日々がのんびりしていて忘れかけていたが、ジルはルネに復讐するためにダニエルの元へ留《とど》まったのではなかったか。

何とかして、ルネを引き摺《ず》り下ろしてやる。

そしてもう一度あの生活に戻るんだ。

そうでなくては、ジルは一生惨《みじ》めな負け犬のままじゃないか。

ダニエルと親しくなったり、美人局で成功するようになったからといって、達成感を覚えているのは間違っていた。

そんなことでは、ただ日常に流されているだけだ。

ジルにはまだやるべきことがあるのだ。

帽子を目深《まぶか》に被り、顔に泥を塗ったジルは久しぶりに自宅へ——アルノー家へ向かった。いても立ってもいられなかった。

以前、ルネがこの家にはこっそり入り込める場所があると言っていたので、まだその場所があるのではないかと思い立ったのだ。

あやしまれないように気遣いつつ敷地の周りを一周したが、それらしい場所はない。

当たり前だ。

自分がルネだったら、そんなところとっくに塞《ふさ》いでいるだろう。

徒労だった悔しさに、ジルは肩を落とす。

もう帰ろうかと思ったそのとき、門から人影が出てくるのに気づいた。

「いやあ、よくできた跡取りだなあ」

「これでアルノー家は安泰だな」

知らない二人組だ。

彼らは辻馬車《つじばしゃ》を拾うつもりらしく、徒歩で家を出ると門番に愛想よく挨拶をしている。

ヴァレリーの客だろうか。

知らない人が出入りしているのだと思うと、胸が騒いだ。

複雑な心境でジルが彼らを見つめていると、二人組の男性はジルに目をやった。

「何だい、君。物乞《ものご》いかい」

「……いえ、僕は」

恥ずかしさに頬《ほお》を染め、ジルは俯いた。

とはいえ、今の自分は物乞いとさほど変わらないだろう。いや、それよりもずっとたちが悪かった。

「金が欲しかったら、そこのアルノー家に行くといい。あそこの御曹司は貧しい人を救うのに熱心だからね。きっといい仕事でも斡旋《あっせん》してくれる」

「ありがとうございます」

じわじわと胸を裂くような痛みに、ジルは一礼した。

「そういやさ、あの子、似てない？」

「さっきの御曹司に？　よせよ、それじゃ王子と乞食《こじき》を比べるようなものだろ」

「まあな」

げらげらと笑う声が聞こえてきて、ジルは憤怒ゆえにかえって血の気《け》が引くのをまざまざと感じた。

悔しい。

それはジルではなくルネの仕業《しわざ》だと言いたかった。

だけど、ルネは自分が得た力を自分自身のために使っているわけではない。誰かのために使っている。たとえそれが自分の罪を正当化するためであったとしても、美人局で日銭を稼いで生活費に使ってしまうジルよりはましな気がした。

だから、ジルには表立って彼を責められないのだ。

ダニエルにそう訴えれば、彼はきっとルネに惚《ほ》れ直すだろう。ダニエルがルネを好きなことくらい、見ていればよくわかった。

何もかもが、悪循環だった。


仕事のために着替えたジルは、今日は新しいドレスを身につけていた。

服は古着屋で新しいものを買ったので、青地のドレスだ。普段の自分の服は二枚しか持っていないのに、ドレスだけ増えていくのが情けないが、これが商売道具なのだから仕方がなかった。

女装した日は夕刻動き回ることになっていたので、今日は遅くなるとダニエルに伝えている。

できるだけ服をふわっとさせたジルは、街娼の多いサン＝ドニ門近辺ではなくモンマルトル大通りの気の利いたカフェを選んだ。

女装したジルが店に足を踏み入れると、客の多くを占める学生たちは一斉《いっせい》に視線を送ってきた。

――誰だ、あれ。

――美人だよな。

美人局の標的を探しているとはつゆ知らず、彼らはジルを見て頬を赤らめている。折しも席が空いておらず、ジルが困ったように首を傾《かし》げると、「マドモアゼル」と緊張して硬い声が飛んできた。

「お嬢さん、よかったらこっちで話に入りませんか」

学生の一人が声をかけてきたので、ジルは俯いたまま「はい」と答えた。

願ってもいない展開だったが、できれば大勢に顔を見られたくはない。ジルは目を伏せ、帽子を被ったままテーブルの片隅に腰を下ろした。

「お住まいはどちらですか？」

「それをいきなり聞くのは失礼だろう」

彼らは見るからに浮き足立ち、ジルに熱い視線を送っている。

「じゃあ、お名前は？」

「アナベルです」

「アナベルさんかあ……綺麗な名前ですね」

ちやほやされるのは悪くはないが、それもこれも自分が女装をしているからだ。ジルの中身を見てくれているからではない。

そのうちにジルがあまり話をしないのに焦《じ》れたらしく、彼らは仲間内での会話に戻っていった。

「でさ、今度の蜂起《ほうき》の件なんだが」

ホウキと言われて何が何やらわからずにぽかんとしているが、学生たちはジルの存在をすっかり忘れているようだ。

面白い話題ではなかったが、かつてダニエルが関わった界隈の話だと考えると、それなりに興味も出てくる。自然とジルは彼らの会話に耳を傾けていた。

「時期が悪いな。プロイセンとの戦争が始まったらどうする?」

「パリの警備が手薄になる。ブルジョワジーを襲うとかさ」

「評判を落とすだけだ。今は身分を超えて味方を増やすべきだよ」

パリの市民は熱狂的なようで、その実、冷めている。

帝政に反対するために何度も立ち上がった人々はいるが、彼らに続いてパリの市民が蜂起することはなかった。

百年近く前に革命がどうして成立したのか不思議なほど、パリの市民は自分たちのペースを守って生きている。

「そういや、最近慈善事業やって話題になってるアルノー家なんだけどさ」

心臓に刃《やいば》を突き立てられた気がして、ジルははっとなる。

またここでもアルノー家か。いったいルネは何をしているのか。

「あそこは味方してくれるんじゃないか？」

「そうだな、あの御曹司は話がわかりそうだ」

もう、限界だった。

両手を突いたジルは勢いよく立ち上がる。

「アナベルさん？」

怪訝《けげん》そうな顔の若者を顧みずに、ジルは俯いたまま押し殺した声で言った。

誰もわかってくれない。

ジルの悔しさを、悲しみを、誰にも共感してもらえない。

「あそこの一人息子は悪魔です」

「えっ？」

彼らはざわめいた。

「私に何をしたか……話すこともできないほどおぞましい」

「まさか」

いったい何を想像しているのか、彼らは困惑した様子で耳打ちし合っている。

こんな風に惨《みじ》めな境遇に陥れられたのも、全部、ルネのせいだ。

あいつを許しはしない。

「……もう、帰ります」

ジルはふいと身を翻《ひるがえ》すと、飲んでいたショコラ・ショーの代金だけを置いて立ち去る。

仕事にはまるでならなかったが、これ以上この場にはいられなかった。

これじゃ飲み物の代金を損しているが、ルネのことを褒められるのを聞きたくなかった。

ジルよりも上手に御曹司の役を演じ、評判を上げているなんて！

ヴァレリーのことだって取られてしまった。

めそめそと泣きそうになったが、それでは化粧が剝《は》げると毅《き》然《ぜん》として歩きだす。

すると、「マドモアゼル」と誰かが声をかけてきた。振り返ったところ、先ほどのテーブルには加わっていなかった二人の青年が、にこにこと笑いながら近づいてくる。

学生というよりは少し年上かもしれなかった。

「はい」

「よかったら、家までお送りします」

「ありがとうございます、でも……」

先ほどはカフェで見知らぬ相手に昂奮《こうふん》してしまい、ばつが悪かった。だから、それを見ていた二人に構われるのは、恥ずかしかった。

「辻馬車を拾いますよ。安心してください」

「……あの、私」

「金はもちろんこちら持ちで。何しろ、美しいお嬢さんを徒歩で帰すわけにはいきませんからね」

どう断ればいいか迷っているうちに、「こちらへ」と先導されてしまう。

男に挟まれると逃げようもなく、ジルは仕方なく彼らと行動を共にする羽目になった。

辻馬車に乗せられたら、どう切り抜けようか。

そんなことを考えながら歩いているうちに、知らない界隈へ差しかかる。

「こっちが近道です。馬車を拾いやすい」

「あ、はい……」

大通りを一本逸《そ》れたところにある公園に彼らは入ると、暗がりでいきなりジルの腕を引いた。

「あっ⁉」

どさりと芝生《しばふ》の上に押し倒され、ジルは目を丸くして頭上の男を見上げた。

「さっきの反応、ぴんと来たぜ」

「なあ」

「どうせアルノー家の御曹司に傷物にされたんだろ？」

「可哀想になァ。でも、俺たちと組めば、金になる」

そうじゃないと言いたいのに、大きな掌《てのひら》で口を塞がれる。

服を弄《いじ》る男たちの手が、無遠慮に腿に触れた。

「やけに肉づきが悪いな」

「痩《や》せぎすだし。お嬢さん、もうちょっと肉感的にならないと男にはもてませんよ」

からかうような口調が苛立たしい。

「うう……！」

呻いても声にはならないし、その手に噛《か》みつこうとしたが、代わりに何かを押し込まれる。

おそらくは小さなハンドバッグに入れていたハンカチーフだろう。

息が苦しい。怖くて、惨めで、涙で視界がぼやけた。

「こいつ……」

「どうした？」

「男だぜ、胸がない」

「何だって？」

彼らはがばりと大胆にジルのスカートの裾を捲り、下着を剝いだ。

露《あらわ》になった下肢を見やり、さすがにぽかんとしている。

「どうなってやがる」

「おい、おまえ、どういうつもりだ？　男娼なのか？」

顎を摑まれて、ジルは涙目で男を睨《にら》んだ。

「まあ、いいぜ。男でもさ。こんな格好してるんだ。いっそやってみようぜ」

「それもいいな。一度、試してみたかったんだ」

こんな男たちに犯されるのか。

絶望にジルの目の前はまさに真っ暗になる。

そのときだ。

「おまえら、何してる！」

突然、飛び込んできた人の声に覚えがあった。

「ジル！」

ダニエルがジルにのしかかっていた男を引き剝がし、男の顔に拳《こぶし》を叩き込んだ。

「何だ、てめえ！」

男たちがむっとしたようにダニエルに飛びかかるのを、ジルは呆然《ぼうぜん》と眺めていた。だが、
そのうちの一人がダニエルの手を踏みつけているのに気づき、はっとした。

「よせ！」

ハンカチーフを吐き出し、這《は》うようにして男の足にしがみつく。

「こいつ！」

ジルを剝《は》がそうと、男が暴れた。その足で顔や胸を蹴られ、息が止まりそうになる。

でも、ダニエルは職人だ。

手を怪我《けが》したら、仕事ができなくなってしまう。それだけはだめだ。

「だ、め……その人には何も……」

呻くようなジルの声を聞き、ダニエルとつかみ合いをしていたもう一人はばつが悪そうな顔になった。

「……くそ、しらけたな」

「ああ、行こうぜ」

彼らが憎々しげに唾《つば》を吐いて立ち去ったので、ジルは慌てて身を起こそうとした。

だけど、動けない。

そこへダニエルが駆け寄り、ジルを抱き起こした。

「大丈夫か？」

「……うん」

いろいろ説明しようとしたのに、全部言葉にならず、涙がどっと溢《あふ》れた。

ダニエルは馬鹿だ。

自分の手より、ジルの心配をするなんて。

零《こぼ》れ落ちた涙を手の甲で何度も拭《ぬぐ》ったが、それでも、涙は止まらない。

「どうして、あんなあやしいやつらについてきたんだ」

「………」

「だんまりか。仕方ないやつだな」

ふ、とため息をついたダニエルは、ジルの手を握り締める。

あたたかな手だった。そのままダニエルはジルの服を直し、埃《ほこり》を払い、もう一度帽子を被せてくれた。

地面に落ちたハンドバッグを拾い上げ、中身を確認する。

「行こう」

ダニエルに手を引かれて、ジルは仕方なく歩いていく。

恐怖と羞《は》じらいから何も言えないジルに対し、ダニエルが話しかけてくる。

「おまえが、歩いていくのが見えたんだ。ここ、仕事の帰りに通るからな」

サン＝ソヴールにある時計店からサン＝ドニ界隈までは、モンマルトル大通りを経由するのだ。たまたまジルの姿が見えたので、ダニエルは慌てて追いかけてきたらしい。

彼が自分に気づいてくれなかったら、ジルはあのまま犯されていた。犯されるだけならまだしも、殺されていたっておかしくはないのだ。

「男だって気づかれたみたいだな」

聞こえていたらしく、ダニエルが小声で言う。

「……うん」

「暫く美人局は休んだほうがいい」

「でも！」

「おまえが稼いだ分は、ちゃんと貯めてる。ほとぼりが冷めるまで何もしなくても、問題ないよ。生活費くらいになる」

「………」

ジルは俯く。

そうじゃない。そんなんじゃないんだ。

自分がダニエルのお荷物になるのが、嫌だ。

ルネと違って、ジルは自分の今の境遇をまったく活《い》かせていない。それどころか、ただ転落していくばかりのお荷物だ。

あまりにも、あまりにも惨めだった。

「だって……」

「おまえがへまをして、ルネに何かあったら困るからな。だからじっとしてろ」

また、ルネだ。

ダニエルの行動基準にルネがある理由は、ジルにだってわかる。

ルネのことを好きだから、こうしてジルの身柄を引き受けて、やりたくもない犯罪行為に手を染めているのだ。

ジルがどんなにダニエルを思ったとしても、ルネの存在には敵わない。

彼らのあいだには、強い絆があるのだ。

「帰ったら旨いもの作ってやるから」

「……うん」

萎《しお》れてしまったジルを慰めるように、ダニエルがぽんと肩を叩く。

歩きだしたダニエルの足取りはやけにゆったりしていて、足の重いジルを庇ってくれているかのようだった。

ジルをこんな目に遭わせたのはダニエルなのに、それなのに、彼の優しさが自分の心を溶かしてしまう。

ルネへの憎しみは、ある。彼がダニエルの心を占めていることに、苛立ちも覚えた。

だけど、時にダニエルの優しさが、それを一瞬だけでも忘れさせてくれる。

ダニエルがいれば、息をつける。

醜いばかりの自分にならずに、済むのだ。

それは、大きく矛盾するようで矛盾しない感情だった。

口笛を吹きつつダニエルが仕事道具を片づけていると、親方が「ご機嫌だな」とにやりと笑った。

「あ、すみません」

「いや、いいよ。いつも難しい顔で工具ばかり弄ってるから、それよりはいいさ。どうした、好きなやつでもできたか」

「！」

途端にジルのことを思い出してしまい、ダニエルは真っ赤になる。

「いや、俺は……そんな……」

「恋をするのは大いに結構！　たまにはデートにでも誘ってやるといい」

「あ……はい……」

豪快に笑う親方を見ているとよけい恥ずかしさが募り、ダニエルは頬を染めた。

ジルがそばにいるのはいいが、彼はこのところ元気がない。

美人局を休ませているせいかやることもないようで、部屋から出ずにぼんやりしているようだった。

それが心配だ。

「ただいま」

ダニエルが仕事から帰ってくると、ジルがベッドで丸くなっている。寝ているのか、起きているのか、その様子からは判然としない。

「腹減ったろ。今、飯……」

そう言いさしたダニエルは、部屋の中にいい匂いがするのに気づいた。

「ジル、おまえ、料理したのか？」

「……うん」

はにかんだようにジルが頷き、布団から顔を出して暖炉にかけたスープの鍋を指した。

「味見、してくれる？」

「いいぜ。……うん、旨い」

もともと味つけは上手だと思っていたが、絵に描いたような御曹司が料理をするとは想定外だった。見よう見まねで覚えたようで、美人局よりもよほどこちらのほうが向いている。

「ホント？」

「ああ、ますます腹ぺこになった。早く食わせてくれよ」

「うん！」

——どうしよう、やっぱり可愛い……。

ジルとの暮らしは順調だったが、二人の関係は極めて宙ぶらりんだ。

それもこれも、自分だけがジルを好きで、意識しているせいだ。

だけど、ジルだって多少憎からず思ってくれているのではないか。

いや、そんな都合のいい話があるわけがない。

心中で肯定と否定を繰り返すダニエルが黙り込んでしまったせいで、ジルが不安げなまなざしでじっとこちらを見つめている。

「どうした？」

「ううん、気を遣って美味しいって言ってくれたのかなって」

「馬鹿。今更気を遣わないよ」

手を伸ばしたダニエルがジルの頭を撫でると、彼はくすぐったそうな顔になる。

——抱きたい。

不意にそんな欲望が迫《せ》り上がってきて、ダニエルは小さく息を呑《の》んだ。

信頼されているのをいいことに、ジルを何度も抱いてしまった。

ジルが快楽に弱いのはわかっているが、実際、ダニエルのことをどう思っているんだろう。

それを確かめていないのが、ダニエルは気になっていた。

愛情があるわけでもない性行為もあると今のジルには理解もできるだろうが、二人の関係を何とも思わないのだろうか。それとも、これは契約関係とでも考えているのか。

この曖昧《あいまい》な関係が、とても気がかりだ。

「屋敷に帰りたいか？」

「えっ？」

「家に戻りたいか？」

「それは、そうだよ……おばあさまが心配だもの」

しょんぼりと肩を落とすジルに、自分は意地悪なことを言ってしまったとダニエルは反省せざるを得ない。

そう、ジルにとっての一番の幸せは元の世界に戻ることだ。それを手助けするのがダニエルの役割だが、ルネほど悪知恵が働くわけではないので、方法を思いつかずにいる。

愛《いと》しいと思えば思うほど、彼を手放す日を遠ざけたくなってしまう。

卑怯《ひきょう》な手立てを使ってでも、彼をこの手の内に留め置きたくなってしまう。

自分の醜い感情に気づいたダニエルは一旦《いったん》唇をきつく噛み、それからジルに向けて「飯にしようか」と精いっぱい笑いかける。

「うん！」

やっと、ジルが躰の力を抜くのがわかった。

手放すのが近いなら、思い出の一つくらい作ってもいいだろうか。

今日も親方が言っていたし、一度くらい、彼と普通の友達のように過ごしたかった。

「ジル、ちょっと出かけようぜ」

支度を済ませたダニエルの言葉に、不器用な手つきで破れたシャツを繕っていたジルは首を傾げた。

「出かける？」

「そうだ。天気もいいし」

仕事のない日曜日とはいえ、ダニエルの誘いは珍しい。ダニエルはバスケットにパンと林《りん》檎《ご》を詰め、それから水の入った瓶を入れた。

「外で食べるの？」

「ああ」

外で食事をするなんて、これもまた滅多にないことだ。いったいダニエルはどこへ行くつもりなのだろう。

「帽子、忘れるなよ」

「わかってるよ」

彼はジルに帽子を被せると自分もそうして、バスケットを手に歩きだした。

路地では物乞いが日曜日など関係なしに仕事をしており、彼らの近くではぷんと饐《す》えた匂いがする。

世論は開戦に傾いており、街は妙に高揚した空気が漂っていた。

「どこへ行くの？」

歩きだせば教えてくれるかと思ったが、ダニエルは楽しそうな顔で「まだ内緒だ」と言うばかりだ。

食べ物を持っていくなら芝居見物ではないだろうし、動物園とか、見世物小屋だろうか。でも、いずれにしてもわざわざパンを持っていくところが不思議だった。

「うーん」

ダニエルは街角で辻馬車を拾い、西へ向かった。

パリの市外に出ていくつもりのようだ。

不安に揺れるジルは窓にしがみついて外を眺めていたが、やがて、彼の目的地がわかった。

ブローニュの森だ。

パリにはブローニュの森とヴァンセンヌの森の二つがあり、いずれも一般の市民に開放されている。森はイギリス式公園になっており、その風光明媚《ふうこうめいび》な光景は有名だ。

「着いたよ」

「わあ……！」

ジルははしゃいだ声を上げ、馬車を降りるなり森の中へ向かって駆けだした。

「あ、こら」

夏の森に足を踏み入れるとせせらぎの音が聞こえ、ますますジルの心を逸《はや》らせる。

森の中には競馬場や乗馬コースもあるし、自転車専用の道路があるのだ。煉瓦《れんが》と木の桟敷《さじき》を重ねた五層の競馬の観戦スタンドは、ジルも絵で何度も見た。

窮屈だった奇跡小路での生活に比べれば、こうして手足をいっぱい伸ばせるのは気持ちがいい。

深呼吸すると、胸の隅々にまで清澄《せいちょう》な空気が入り込んでくるようだった。

さらさらと流れる小川はきちんと整備されている。見上げるほどに高い木々。遠くから、馬の嘶《いなな》きが聞こえてきたようだ。

「ジル、待てよ」

バスケットを持ったダニエルが、漸《よう》く追いついてきた。

「だって」

ブローニュの森は幼い頃一度来たことがあるのだが、社交場と化す競馬場はヴァレリーがまだ早いと判断し、ジルが行くことを許さなかった。

だから、どうしたってもう一度来てみたかったのだ。

その夢が叶《かな》ってこうして来られたのが、素直に嬉しい。

暫く走り回っていたジルは、やがて道から少し外れた開けた場所で足を止め、草葉の上にばったりと横になる。

ここならば通行人の邪魔にもならないだろう。

ややあって追いついてきたダニエルがジルの傍らに腰を下ろし、同じように躰を倒した。

「空が高いな」

「うん、青くて……すごく綺麗」

眩しいくらいに、空の青がすがすがしい。

考えてみれば、自分の人生でこんな風に空を見上げたことは滅多にない気がする。

奇跡小路のあの家からは空なんて見えないし、奇跡小路そのものが空を見られる環境ではない。

「ありがと、ダニエル」

「どういたしまして」

寝転がったままジルがぱたりと身を倒してダニエルのほうに向き直ると、彼が手を伸ばしてジルのそれを握ってきた。

やっぱり、あたたかい……。

「腹、減ってないか？」

「平気」

まだもう少し、こうしていたい。

ダニエルとの和やかで心穏やかな時間を、自分だけのものにしていたくて。

これはルネのものじゃない。

自分のものだ。
ダニエルの隣に今、いるのは……自分なんだ。
ジルはそっと目を閉じた。

6

「悪いねえ、また来ておくれ」

「ありがとうございました」

職探しはまたも空振りで、銅版画屋から出たジルは肩を落とす。

雨催《あまもよ》いの空はくすみ、しょぼくれた心をよけい滅入《めい》らせた。

始まったばかりのプロイセンとの戦争は不利らしく、人々は冗談交じりでフランスが負けたときのことを予想した。

ウインドウに映るジルの顔は、いかにも不景気そのものだ。

このままではダニエルを心配させてしまうし、気分転換にどこかへ出かけよう。

暫く美人局は休んでおり、パノラマ街まで足を延ばそうと、ジルは歩きだした。

通りですれ違った青年の上着のポケットから、ぽろりと何かが落ちる。

「あの!」

急いで拾ったジルが声をかけると、青年は「やるよ」と立ち止まりもせずに言い放ち、雑踏に消える。

ジルの手の中に残されたのは、本日の新聞だった。

『フィガロ』なんて久しぶりだ。

家にいるときは毎日読んでいたのに、ここに来て、新聞を読む機会など久しく得られなかった。そんな金があるなら、食費に充《あ》てるからだ。

パノラマ街はとても楽しく、ジルは初めて家を抜け出したときのことを思い出し、少しだけせつない気分になった。

帰宅したジルは、鼻歌を歌いつつ新聞を広げた。

一つ一つの記事を、丹念に目を通していく。

やはり戦争の話題が一番大きい。政治欄の次はゴシップ欄。貴族の動向はどうでもよかったが、その中の一つの記事にジルは目を留めた。

ジル・アルノー。

その名前が目に飛び込んできた。

「⁉」

美人局のことがばれたのだろうかとはっとし、冷たい手でぎゅっと心臓を摑《つか》まれたような、そんなひやっとした気分になりジルは胸を押さえた。

――新世代を担う慈善家、戦争での傷病者にも手を差し延べる。

――資産家で知られるアルノー家の御曹司、ジル・アルノー氏は若くしてなかなかの慈善家である。彼は資産の一部を惜しげもなく施設に寄付をし――。

読んでいるうちに吐き気が込み上げてきて、ジルはテーブルに突っ伏した。

苦しい。

生まれ育った家は、もう……奪われたのだ。

改めて、その事実を突きつけられる。

自分が暮らしてきた、アルノー家。

父が唯一残してくれたものなのに、それをみすみすルネに奪われていいのか。

いいはずがない。

「どうして……」

悔しい。

悔しくて、悔しくて、怒りが沸々《ふつふつ》と込み上げてくる。

ダニエルとやわらかな日々を紡《つむ》いでいるうちに、いつの間にか、ジルはこの生活に慣れかけていた。

だけど、それではだめだ。

このままぬるい生活をしていたら、ルネへの復讐心を忘れてしまう。

ジルを陥《おとし》れたルネだけがのうのうと安逸《あんいつ》を享受するなんて、そんなことは許すものか！

絶対に許さない――絶対に！

鏡の中に映る自分を見据え、ジルは表情を引き締める。

数日前に手に入れたフィガロは、結局、ダニエルには見せずに捨てた。あの記事を目にすれば、ダニエルが心配するのはわかっていたからだ。

やると決めたのだ。

ダニエルと一緒にいられるのは嬉《うれ》しいけれど、ここは一時の仮住まいだ。

ジルには戻るべき場所がある。

そこを目指さなくてはいけない。

そのためには、今は自分から動くほかない。

だが、知力で圧倒的にジルに勝るルネに対して、生半可《なまはんか》なことでは対抗できない。おまけに、ルネはこの街の後ろ暗い連中をよく知っている。いろいろなやり方にも通暁《つうぎょう》しているし、ジルの企《たくら》みに気づいたら圧力をかけてくるかもしれない。

ここにいたら自分はルネへの憎しみを忘れて、甘ったるくなってしまう。

それではもういけないとわかっているから。

「――さよなら、ダニエル」

小さく呟《つぶや》いたジルは卓上に書き置きを残し、そこに、祖母にもらった万年筆を添えた。

結構な代物《しろもの》だし、売ってくれれば金になるはずだ。

そういえば、最初に会ったときにダニエルが万年筆を受け取らなかった理由は、今更のようにわかった。あのときから、ジルはほとんどの財産を失うとダニエルは知っていたのだ。

祖母にもらった大切なものは、もう二度と取り戻せないだろう、と。

でも、ジルはもうあのときの自分とは違う。

何としてでも運命に抗《あらが》い、ルネと戦ってみせる。

ジルなりに考えたのが、今度こそ男娼になることだった。

昨今のパリにおいて、娼婦の地位はそう低くはない。というのも、皇帝陛下が大いに性愛を推奨していて、皇帝自ら娼婦を寵愛《ちょうあい》することもあり、社交の花形は女性が占めていた。

男娼はそれよりも立場は劣るが、それでも、人脈の形成くらいはできる。

そんなことをしたら、元に戻れたときにジルの経歴に傷がつくかもしれないけれど、ジルには今のことしか考えられなかった。

だから、悩んだ末にこうしてマルセルの誘いに乗ったのだ。

つい三日ほど前のことだ。

ルネへの怒りからいてても立ってもいられず、ジルはジャックのアドバイスで、客筋がいいというボンヌ＝ヌーヴェル大通りにある娼館に向かった。

まったく、ジャックは子供のくせにいろいろなことをよく知っている。ジルよりもずっと、パリの地理と風俗に詳しかった。

「おや、君は……ルネだったね」

不意に声をかけられたジルが顔を上げると、以前顔を合わせたマルセルが立っていた。警戒心を露《あらわ》にするジルに対しても、マルセルは特に屈託を抱《いだ》いていないようだ。

「もしかしたら、身売りの算段に来たのかい」

「僕は相談しに来ただけです」

「何を？」

「あなたには関係ないでしょう」

ジルは他人行儀な口ぶりできっぱりと言い切り、通りに立ちはだかるマルセルを避《よ》けようとした。だが、やんわりと肩を摑まれ、その場に引き留められる。

「私は君に興味があるんだよ、ルネ」

「そうですか」

「それに、君の売り方には私なりの意見がある」

「売り方？」

「君は娼婦にするには上品すぎる。しゃべり方も学がありそうだし、普通の男娼として売り出すのは惜しい」

甘言《かんげん》でジルの気を引こうとしているのはわかっていたので、これ以上取り合わないつもりだった。

「そんなことはどうでもいいでしょう」

「よくないよ」

彼を置いて他の店に行きたいのに、マルセルはジルの腕を摑んで離さなかった。

もとよりジルより体格で勝るので、振り解《ほど》こうにも上手《うま》くいかなかった。

「私の用事を聞いてから帰ってくれないかい」

「……話だけ、聞きます」

ジルはそこで折れた。

「じつはこのご時世では、おおっぴらに遊べない。そんな不満を持つ好事家《こうずか》の集まりがあり、男娼を何人か見繕うことになっていてね。学もあれば会話もそこそこできるものはなかなかいない。私の顔を立てると思って、行ってくれないか？」

「あなたの顔を立てる理由がありませんけど」

不信感を露にするジルに、男は「そうだな」と笑う。

「それに、そうすると最初にあなたに僕の身柄を預けることになるんでしょう？　それじゃ僕の自由がなくなってしまう」

「――いや、君みたいな上玉は滅多にいないからね。君は個人として参加するといい」

「そんなこと」

「無論、他の男娼には内緒だ。それを守ってくれれば服はこちらで用意する。風呂にも入れるようにしよう」

マルセルはにこやかに言うと、漸《ようや》く腕から手を離した。

内心で条件を吟味してみると、悪くない。それどころか、破格の条件といってもいい。ここで金を得るなり金持ちのパトロンを得るなりすれば、ジルはルネに一歩近づけるかもしれなかった。

「客筋はいいし、もしかしたら君もいい金蔓《かねづる》を捕まえられるかもしれない。少なくとも、ダニエルみたいな運動家崩れと一緒にいるよりはよほどましだ。君はその美貌《びぼう》を活《い》かすべきじゃないのかい」

ダニエルの名前を出されると、ずきりと胸が痛んだ。

好事家が集うパーティが行われる場所は、パリ郊外の瀟洒《しょうしゃ》な別荘だった。

いわゆる『小さな家《プティット・メゾン》』と呼ばれるところだ。

約束どおりマルセルはジルを風呂に入れてくれたし、爪や指先の手入れもさせた。服は古着屋で手に入れたものだろうが、正装を着せられた。久しぶりにぴしっとした格好をすると、身が引き締まるようだ。

この服装なら、仮に美人局で騙した相手が来ても気づかれないだろう。

そう思うくらいに、今のジルは美しい青年の姿に変貌《へんぼう》していた。

ジルは髪を整え、会場となる大広間を見回した。シャンデリアの光がガラスの飾りに揺れ、清潔なクロスをかけたテーブルの上には、シャンパングラスがずらりと並んでいる。

適当につまめるカナッペやフルーツのたぐいも準備されていた。

あちこちに大きなソファが置かれ、衝立《ついたて》で周りから見えないように死角を作っている。

兵士の多くが戦争に喘《あえ》いでいるのに、金のあるところにはあるらしい。こんなところで無駄金を使うくらいなら傷病者のための病院とか――そう思ったジルは、自分のものの見方がそれまでと違うのに気づいてはっとした。

少しは変わったのだろうか。

毒されたというのか。

……いや、今はそんなことはどうだっていい。

ジルが考えるべきなのはどうやってあの家に戻るかで、貧民街に暮らす連中をどうこうすることではない。

「ようこそ、お待ちしておりました」

マルセルの声が響き、客が入ってくる。大広間に入ってきた紳士は正装こそしていたが、目許《めもと》は手にした大きな仮面で隠していた。

顔を見せないように気を遣うのも当然だろう。パリにおいて同性愛は禁じられており、いくら地位や立場があったとしても公然とは嗜《たしな》めるものではなかった。

「君」

若い張りのある声の男がジルを呼び、思わず振り返る。

がっちりとした男の背格好には見覚えがあるようだが、仮面の奥の目は何色だろう。

「ジルじゃないか」

はっとして、ジルは目を見開く。

「あ、の……」

しまった。否定すればよかったのに、うっかり反応してしまった。

なんて馬鹿なんだろう……！

「やっぱり君か」

男の唇が綻《ほころ》び、「こちらへ」と空いているソファに行くよう促《うなが》された。嫌がっている素振《そぶ》りを見せたが、マルセルは一瞥《いちべつ》したきり無視してしまう。

よほどの上客なのかもしれない。

誰だ？

軽佻《けいちょう》な声に何となく覚えがある気がするが、記憶が甦《よみがえ》らない。

男に追い詰められるように奥のソファに座ると、男は入り口側に陣取る。そして、自分の仮面を外した。

「ベルナール……さん……」

衝撃のあまり、声が掠《かす》れた。

味方が欲しいと思っていたのは事実だったが、ベルナールはまずいと思う。

彼の粘ついた態度は、前から好きになれなかった。

「まさか君にこんないけない趣味があったとはね、ジル。どうやってあの堅物の目を盗んで家を出てきたんだい？」

ベルナールはすっかり悦に入り、好色な目つきでジルの全身を眺め回した。

「これは……その……」

「俺が君を買おう」

「いえ、僕は」

「それともヴァレリーに告げ口してほしいのか？」

ヴァレリーに告げ口をされるのは構わないが、彼はルネのことをジルだと信じている。状況はまったく好転しないだろう。

「でも、僕は……だめです、そんなの」

「だめじゃない」

男はくすりと笑って、シャンパンを一口含む。顔を近づけられたと思った瞬間、ジルはその唇からぬるいシャンパンを流し込まれていた。

「ン」

嫌だ。

怖い。

「だめ、ベルナール……」

喘ぐように訴えたが、ベルナールは顎《あご》に手をかけて強引にシャンパンを飲ませた。

――怖い……ダニエル……。

抵抗するまでもなく、唇を立て続けに塞《ふさ》がれる。急速に飲まされたアルコールのせいで意識が途切れ、ジルはベルナールの腕に落ちていた。

足が、躰《からだ》が重い。まるで、自分の肉体の隅々に泥が詰められたみたいだ。

沼地にいるかのように、動けない。

助けて。誰か。

「……ん……」

ベッドの上で目を覚ましたとき、ジルは自分の足に嵌《は》められたものの存在に気づいた。

金属製のそれは足枷《あしかせ》と鎖《くさり》だ。

見たことのない調度、見たことのない家具。

無論、ここは屋敷ではない。

おまけに自分は全裸で、ジルはさすがに狼狽《ろうばい》する。

外側を格子《こうし》で覆われた窓から見えるのは隣家と思《おぼ》しき煉瓦《れんが》の壁で、どうやらどこかのアパルトマンのようだ。

「あの、誰かいませんか？」

返事はない。

「誰か！」

ジルが恐る恐る声を大きくすると、続きの間から少女が顔を出した。

「目を覚ましたんですね。今、旦那様をお呼びします」

「……ここは？」

彼女は決められたこと以外何も言わないつもりらしく、ジルの質問には答えなかった。

ややあって扉が申し訳程度にノックされ、すぐに男が顔を出した。にやけた笑いを浮かべたベルナールで、ジルを見て目を細めた。

「いい眺めだな、ジル」

しげしげとジルを眺め、ベルナールは舌舐《したな》めずりでもしそうな態度だった。

「……あなたは、どういうつもりですか？」

「まあ、あんなところで会った以上は、お互いに取り繕っても仕方がない」

そう言ったベルナールはジルの傍らに座り、腿《もも》から尻《しり》にかけての線を大胆に辿《たど》った。

「！」

「男は好きだし、君はもともとかなり好みだった。それはわかっているだろう？」

「……薄々」

「お互い同じ嗜好《しこう》で、しかも君はアルノー家の跡取りときている」

いったい何を言いたいのかと、ジルは脂下《やにさ》がる男をまじまじと見つめた。

「俺と組まないか？」

「組む？」

「そうだ」

にやにやと笑いつつ、男はジルに一歩詰め寄ってくる。

思わず後退《あとじさ》ったが、壁に邪魔されてそれ以上は逃れられなかった。

「あの口うるさいヴァレリーを追い払って、俺が執事として君を補佐する。最近君が柄にもなく慈善事業なんてしているのは、あいつの差し金だろう？　俺ならもっと君に自由をあげられる」

「………………」

「君がもっと大人になったら切り出そうと思ったんだけどね。ここで会えたのは何かの縁だ」

――そうか。

ベルナールがしょっちゅう自分に声をかけてきた理由が、これでわかった。彼はジルを手《て》駒《ごま》にしたくて、いつも手ぐすねを引いていたのだ。

彼の目当ては、十中八九、ジルの引き継ぐべき資産だろう。

「まさかあんな集まりで君を見つけられるとは思ってもみなかった。坊ちゃまにいかがわしい趣味があるとは、ヴァレリーをどうやって騙《だま》した？」

「け、仮病で……」

「このところ慈善事業なんかに色気を出したのは、あいつを油断させるためか？」

「そう、です」

口から出任せだったが、ベルナールを上手《うま》く騙してこの場を収めたかった。

この男と組むという選択肢は、当然、ジルにはない。

ベルナールは蛭《ひる》みたいな男だ。こんなやつに嚙《か》みつかれたら最後、血の一滴がなくなるまで搾《しぼ》り尽くされるに決まっている。ルネと違う意味での悪党だと知っていたから、ジルとルネが入れ替わっていると知れば、それを元に骨の髄までしゃぶられかねない。

だから、ベルナールをアルノー家に近づけてはいけない。

「ヴァレリーを追い払ったあとは、あいつに適当な罪状をでっち上げて、監獄送りにしてやる」

「そんなことできるんですか？」

「俺には裏社会の知り合いがたっぷりいる。そのために恩を売ってるからな。いざとなればヴァレリーくらい始末できる」

始末、という言葉の冷ややかさに、ジルはぞくりとした。

金のためだとすれば、彼は何でもやってのけるだろう。

「君が同性愛者だとは意外だったが、ヴァレリーのことは気に入ってたろう？　合点《がてん》がいったよ」

ヴァレリーへの淡い思いを持ち出されて、ジルは胸が痛くなるのを感じた。

「男はもう識《し》ってるのか？」

「……まだ……」

同情心をそそるために蚊の泣きそうな声でジルが訴えると、ベルナールは「そうかそうか」としたり顔で頷《うなず》く。

「だから、何もしないで。僕を帰してください」

「いいや。男同士の良さを識れば、離れられなくなる。俺が仕込んでやるよ」

「嫌！」

逃げ出そうとするジルの腕を摑み、男はその躰をベッドに押し倒した。もがく腕をいなし、押さえつけ、ジルの躰を返すと縮こまったままの性器に触れた。

「やだ……離して……」

軽く性器を掌《てのひら》で包まれ、ジルはびくっと身を竦《すく》ませる。

「よしよし、じっとしてろ。握りつぶされたくないだろう？」

まるで犬猫でも扱うような野蛮な脅しの言葉に震え、ジルは泣きそうになる。

拒否することはできずに、そのまま男の愛撫に身を委《ゆだ》ねるほかなかった。

嫌だ……こんなの嫌だ。

初めてダニエルと寝たときは、何をされるかわからなくて怖かった。

でも、今は違う。

嫌悪感しかない。

「ほら、もう濡れてきたよ。人の手を借りるのはいい気分だろう？」

ベルナールの声が昂奮《こうふん》に掠れ、無意識なのか、彼が尻にぐいぐいと自分の下半身を押しつけてくる。そこは兆《きざ》しかけており、ジルを引き裂くには十分な熱量を感じた。

「ふ……ぅ……」

逃げられない。

恐怖感と絶望感に、ジルの目からどっと涙が溢《あふ》れた。

それが興をそそるのか、ベルナールは笑いながらジルの性器を扱《しご》く。

「いい子だ。快感に身を委ねるんだ。そうでなくては、怖いだけだよ」

気持ちいいと思わなくては、いけない。これが——快感にならないなら、ダニエルにされているのだと思い込まなくては。

そう思うと、胸が潰《つぶ》れそうなほどに痛くなった。

ダニエルと離れてしまったことが、つくづく愚かだと思った。

これまでに何度も貞操の危機を迎えたが、そのたびにダニエルは助けてくれた。

でも、ここにダニエルはいない。窮地だと知らせるすべもない。

ダニエルはこれを恐れたから、ジルの単独行動をいつも諌《いさ》めていたに違いない。

「ほら」

目を閉じたジルは、与えられる感覚に酔おうと心を決めた。

ダニエルの指。

時計を作るあの繊細に動く指が、ジルを高めてくれる。

こうやって、手を上下に動かして——それから……。

「ひ、ぅ、う……あ、あっ……」

「いい声になってきた」

「あ、は……あ、あっ……ふ……」

だんだん腰がもどかしげに揺れ、ジルは歪《ゆが》んだ快感に身を委ねていく。

気持ち、よくなってきた……。

ダニエル、だから。

これはダニエルがしてくれてるから……。

「んん、や……もう……もう…っ……」

「出そうかい？　そういうときは達《い》くって言うんだ」

「い、いや……」

ほんの一欠片《ひとかけら》だけ残った理性がジルに拒絶の言葉を吐かせたが、それはすぐに、射精の快楽によって押し流された。

「嫌じゃない。達く、だ」

「うん、んっ……あ、いく、…いく…っ…」

ぶるっと身を震わせたジルは、ベルナールの手の中に濃密な雫《しずく》を零《こぼ》していた。

——もう、だめだ。

諦《あきら》めたように力を抜くジルのことを見下ろし、ベルナールが今度は尻に手を伸ばす。肉と肉の狭間《はざま》に指を埋められて、ジルは小さく悲鳴を上げた。

「男同士はここを使うんだ。知らなかったろう？」

「や、やだ……変、へんだから……だめ、だめです……やめて……」

「いい声で啼《な》くんだな、君は。俺のほうこそ嵌まりそうだ」

小さな蕾《つぼみ》を解《ほぐ》されたジルは、惨《みじ》めさに啜《すす》り泣いた。

こんな男に穢《けが》されるなんて、御免だった。

「まるで小鳥だな。可愛い囀《さえず》りだ」

「嫌……やめて……」

「妙な感覚になってきただろ。欲しいって言うまで焦《じ》らしてやる」

「え……？」

「俺と組むと約束して、契約書にサインするまで、ここには挿《い》れてやらない」

いったいどういうことなのかと驚くジルの脚と脚のあいだに、男は自分の性器を差し入れた。

「ッ」

大きなものが自分のそれに押しつけられ、ジルは本能的な怯《おび》えに全身を強張《こわば》らせる。

「腿で俺のものを挟むんだ。そう、できるか？」

ぴたりと男のものを挟み込むかたちになり、ジルは泣きながら腿のあいだを締めつけた。

「なめらかでいいな、君のここ……」

昂奮に鼻息を荒くしながら、男が腰を前後に揺する。

「やだ、や……やめて……」

その声にそそられるのか、熱いものが弾《はじ》け、ジルの下腹部を濡らす。

それがベルナールの精液だと気づくまで暫《しば》しの時間を要した。

事態を把握すると吐き気を催し、ジルはそのまま泣きだしてしまう。

「仕方ないな。その気になるまで、少し待ってあげよう。俺も悪魔じゃないからな」

楽しげに言ったベルナールは自分の躰を濡らしたタオルで拭《ぬぐ》うと、穢されたままのジルを置き去りにして、部屋から出ていった。


ジルが戻らない。

たった一枚の書き置きを残して、ジルは出ていってしまった。

アルノー家へ戻ったのかと思ったが、そんなことはないだろう。そうであれば、代わりにルネが戻ってくるに決まっている。警察に捕まるようなへまはしないはずだ。

「くそ！」

だいたい、あそこまで世話になっておきながら『さよなら』の一言で終わらせるなんて、ジルはいったいどういうつもりなんだ？

もう三日もジルが戻らないことに焦れ、ダニエルは苛々《いらいら》と室内を歩き回った。

こんなに心配するくらいなら、最初からジルをアルノー家に送り届ければよかった。

ルネと対決してでも、ジルの身柄を証明してやればよかったのだ。

手がかりを求めるにもジルの知り合いはジャックぐらいだし、足で稼ぐしかなさそうだ。

憂鬱《ゆううつ》な顔で盛り場を回っていると、「ダニエル」と声をかけられた。

ヨハンは学生時代からの友人で、もう何年も留年している男だ。彼はいつになったら大学を卒業するのかと囁《ささや》かれていた。ヨハンがダニエルを新顔に紹介するせいで、いつまで経《た》ってもダニエルは運動に関わっていた連中から忘れてもらえない。

苦い記憶だった。

「やあ、ヨハン」

「この店に来るなんて、珍しいな」

「ちょっと人捜しだ」

ジルがこんなところに顔を出すかはわからなかったが、彼は美人局のときは安酒場を回って学生を引っかけるのを常にしていた。だから、学生の溜まり場となっている安食堂にも知人がいるのではないかと思ったのだ。

「ダニエル？　ダニエルが来たって？」

人々を掻《か》き分けるようにやってきたのは、旧知のアンリだった。

「やあ、アンリ」

「久しぶりだな、ダニエル！」

ダニエルにとってアンリは、高等学校《リセ》に通っている分際で大人たちの集会に顔を出すませた餓鬼《がき》だった。

そんな彼が、今や学生たちを集めて社会主義運動を推し進めているのだから、人の変遷はわからないものだ。

「いきなり来てくれるなんて驚いたよ。どうして？」

「悪い、俺の幼馴染《おさななじ》みがいなくなったんだ。ルネ……ルネを知らないか？」

「どんな人なんだ？」

「歳《とし》は十五で、金髪に蒼《あお》い目の持ち主だ。色白で、唇は桜色……宗教画の天使みたいな美少年だよ」

「覚えはあるんだけど……」

アンリが夢見るように瞬《まばた》きをし、頬《ほお》を赤らめている。

「本当か⁉」

「うん。でも、マドモアゼルだ。とても素敵な人で……」

「……悪い、ルネは男だ」

「そうだよな」

アンリは萎《しお》れたような顔になったが、すぐに表情をきりっとしたものに戻した。

「力になれなくて申し訳ない。それより、もう一度私たちの仲間に入らないか？　今やプロイセンとの戦いは敗色も濃厚で、皇帝の威信も低下しつつある。愛国者の会っていうのと合流して、かなり盛り上がっている。今なら、世の中を変えられると思うんだ」

「……いや」

まったく気乗りせずに、ダニエルは首を横に振る。

大勢の国民を救うよりも大事なことが、今のダニエルにはある。身近にいるジルを救えなければ、ほかの人間を救うこともできないだろう。

「俺は目先のことしか考えられない」

「残念だな」

アンリが肩を竦める。

「そうだよ、ダニエル！　アンリはすごいんだ。ほかの連中にも一目置かれてて、愛国者の会と青年社会主義同盟をまとめてリーダーに選ばれたんだ」

「さすがだな」

「よしてくれよ」

恥ずかしそうに笑うアンリは一見すると人が好《よ》さそうだが、それでいて強烈なリーダーシップの持ち主だ。

彼なら、一癖も二癖もある連中を束ねられるだろう。

「じゃあな。健闘を祈る」

「ああ。またいつでも来てくれ、ダニエル」

結局一杯も酒を飲まずに酒場を後にしたダニエルは、焦燥だけを募らせて路地へ戻った。

そうしているうちに、靴磨きの仕事を終えて口笛を吹きながら歩くジャックと行き合う。

そういえば、肝心のジャックに話を聞いていなかった。

「ジャック、今、帰りか？」

「あ、ダニエル！」

ジャックは顔をくしゃっとさせる。

「ルネを知らないか？」

「知ってるよ」

あっさりとジャックが答えたので、ダニエルは目を瞠《みは》る。

「どこだ⁉」

慌てて彼の両肩を摑むと、ジャックは気圧《けお》されたように一歩後退った。

「えっと……たぶんボンヌ＝ヌーヴェルだよ」

「何だって……？」

「ルネに、男娼たちはどこにいるのかって聞かれたんだ。ルネのくせにおかしなことを聞くと思ったけど、一応教えたよ。でも、あれから見かけないし……」

男娼、だって？

男娼にならずに済むように回避していたのに、どうしていきなりそんなことを企《たくら》んだ？

「ありがとう、ジャック。ちょっと行ってみるよ」

男娼として客を取っているのであれば、それはそれでジルの選択だ。

だが、ジルを追い詰めるものが何かあったのかもしれない。

だとしたら、放っておけない。

そのままになんて、しておけるわけがなかった。


目を覚まし、食事をして、帰ってきたベルナールに抱かれて……眠り、また目を覚まし……。

最悪の循環だ。

ベルナールは好物を最後に取っておくつもりなのか、未《いま》だにジルを弄《もてあそ》ぶばかりで、一線を越えようとしなかった。それはそれで有り難いのだが、ジルは生殺しに近い状態だった。

一日がいつ終わったのか、いつ始まったのかもわからない。

いったいここに連れてこられてから、何日経ったのだろう？

寝返りを打ったジルは、唇を噛んだ。

ベルナールは快楽でジルを飼い馴《な》らすと言っていたけれど、本気だろうか。

ベルナールと組むと答えない限りは、事態は進展しない。だが、そんなことを約束できるわけがない。かといって、いつまでもここにいるわけにもいかない。

しかし、ヴァレリーが心配すると言ってみても、「用済みになる男のことなんて気にするな」と鼻で笑われ、帰りたければサインをしろと迫られた。

ダニエルのところへ帰りたい。ダニエルの顔を見たい。ダニエルに抱かれたい。

思いが募り、また、泣きそうになってくる。

そのためにも、ベルナールの言葉を受け容《い》れたほうがいいのだろうか。

そうしたら、ダニエルのところへ戻れる……？

だめだ。思考が鈍っている。

ばたばたと足音が聞こえ、ジルは緩慢に瞼《まぶた》を上げた。

「ジル！」

部屋に入ってきたベルナールは、新聞を手に震えている。

「何？」

「この記事はどういうことだ⁉」

「え」

目を瞠ったジルの鼻先に、ベルナールは勢いよく新聞の記事を突きつけた。

また、ルネを賛美する『フィガロ』かとうんざりしかけたところで、ジルは目を大きく見開いた。

違う。

そこに載っているのはジルへの賞賛記事ではなかった。

――アルノー家がプロイセンのスパイ疑惑。

――渦中のアルノー家、当主は亡命を予定か？

「……何、これ……」

「知るか！」

ベルナールは吐き捨てた。

「君がプロイセンのスパイだって⁉　可愛い顔で何てことをするんだ」

意味が、まったくわからなかった。

「冗談じゃないぞ」

乱暴に髪を摑まれ、上を向かされてジルは目を見開く。

それまで褒めそやされていた『ジル・アルノー』がいきなりスパイとして疑われるなんて、わけがわからない。

「プロイセンのスパイと通じてるなんて知られたら、俺の身の破滅だ！」

いかにも小心なベルナールらしい発言に、ジルは心底軽蔑《けいべつ》を覚えた。

ぐっとベルナールはジルの肩を摑み、指が食い込むほどに力を込めた。痛くて顔をしかめたが、彼は頓着しない。

「じゃあ、家に帰してくれる？」

「だめだ！　どこで人目につくかわからないだろう」

ベルナールは吐き捨て、それから、ジルの部屋の鍵を閉めて忌々《いまいま》しげに出ていった。

……まずい。

これではベルナールはジルを生かしておく理由さえなくなる。もしかしたら、さっさと殺されて海にでも沈められてしまうのではないだろうか。

生きたジルを家から出すのは難しくても、たとえば死体をばらばらに切り刻めば危険度は減る。

保身に走ろうとするベルナールのことだ。

それくらいのことはやってのけるかもしれない。

呆然《ぼうぜん》とするジルは、ベッドにへたりと座り込む。

こんなことになるとは、思ってもみなかった。

いつも、ジルの選択は最悪な方角へ転がっていく。

ルネに身代わりをさせたときも、そして、こうして男娼になろうとしてベルナールに捕まってしまったことも。

ジルに判断力がないのか、それとも運がないのか、そのどちらかだろう。

反省に俯《うつむ》くジルは、暫く動けなかった。

そこで窓を叩く音がした気がして、ジルは目を瞠る。空耳かと思ったが、そうではないようだ。規則的に窓を叩く音。

見れば、窓を不自然に覆っていた格子が取り外されている。

もしかして。

一縷《いちる》の希望を抱いたジルは足の鎖を引きずりながら窓に駆け寄って錠を外す。

がたりと窓が開き、ダニエルが顔を覗《のぞ》かせた。

「ダニエル……！」

窓は人一人が何とか通れる程度の大きさだが、外した格子を手渡し、ダニエルは音を立てずにするすると忍び込んできた。

この分では、ダニエルは泥棒だってできそうだ。

「どうしてここが？」

「そんなことはどうでもいい。――おまえの客、相当いい趣味をしてるな」

まだ精液で汚れている躰を指しているのだと気づき、ジルは真っ赤になる。

「いいから、外してよ」

ぼそぼそと小声でジルが頼むと、ダニエルは「任せておけ」と同意した。

ダニエルは自分の鞄から工具を出し、かちゃかちゃと音を立ててあっという間に足枷の鍵を外してしまう。

こんな特技があるなんて、知らなかった。

「歩けるか？」

「うん、でも、僕……」

「裸なのは仕方ないだろ。シーツをもらっとけ」

早く逃げなくてはいけないとわかっているのに、嬉しくて声が出ない。

怖いときでなくて、嬉しいときも人は声を出せなくなるのだ。

ジルは俯いたまま、のろのろと声を振り絞った。

「――どうして」

「ん？」

「どうして二回も……ううん、何度も助けてくれたの？」

素朴な疑問を口にすると、ダニエルは一拍置いてから口を開いた。

「俺はこういう役回りなんだろうな。おまえを放っておけない」

ダニエルははにかんだように言い、ジルの躰をぎゅっと抱き締める。

「おまえが大切なんだ」

――あ……。

嬉しさに心臓が震え、ぬくもりがジルの指先まで熱く満たしてくれる。

どうしよう、すごく、すごく嬉しい。

「さ、行くぞ」

「うん」

ダニエルがシャツだけ貸してくれたので、ジルはそれを身につける。彼は工具でシーツを短く切ると、ジルの腰に巻きつけた。

ひどく不格好だが、仕方がない。

「先に行け、ジル」

「でも」

「俺は平気だ。さあ」

「うん」

躊躇《ためら》いつつジルが外を見下ろすと、部屋は三階だった。

さすがにこの高さから落ちたら、下手をすれば死ぬかもしれない。

「ダニエル……」

振り返ると、ダニエルが肩を竦めた。

「大丈夫だ。ジル、俺が登ってこられたんだ。おまえは身が軽い」

「……うん」

ジルはそろそろと窓から這《は》い出し、外壁の煉瓦に足をかける。足場になるようなところはほとんどなく、下手をすれば転げ落ちそうだ。だけど、ダニエルはここまで危険を冒してき

てくれたのだ。
怪我でもすれば、時計職人として働けなくなるのに。
だから、怖がってはいけない。
表情を引き締めたジルは、一歩一歩そろそろと下りていく。
手に汗が滲む。
頭がくらりとしたが、それを持ちこたえ、ジルは時間をかけて地面に降り立った。
追いかけてきたダニエルが、狭い路地の隙間に下りたジルをぎゅっと抱き締める。
「よく頑張ったな、ジル」
ありがとうと言いたいのに、声が出なかった。
来てくれて、嬉しかった。
助けてもらえたことが。
自分のために、ダニエルがしてくれることの一つ一つ。
それがとても愛《いと》しくて。
……ダニエルのことが、好きだ。
すごく、好きだ。
ダニエルがルネを好きだとわかっていても、それでもこの人が……好きだ。
大好きなんだ。

7

「暗いなあ……」

小さく呟《つぶや》いたジルに、ジャックが「どうしたの」と不思議そうに声をかけてくる。

「ん。夏なのに、何だか街が全体的に暗いなって」

「ああ、そりゃ戦争中だもの。しかも、負けそうらしいぜ」

ジャックは手に商売道具の入った鞄を持ち、重そうに引き摺《ず》っている。

「ジャックも商売上がったりじゃない？」

「浮かれて歩く紳士たちが減ったからねえ」

初めてジャックが沈んだ顔になった。

プロイセンとの戦況が不利だと知れ渡り、人々の心は殺伐《さつばつ》としつつあった。敵国のなすがままに翻弄《ほんろう》され、徒《いたずら》に死者を増やしているという噂に、パリの人々は不安を隠せない。

戦場から遠く離れたパリでさえ、こんな風に不穏な空気が蔓延《まんえん》しているのだ。

「このままフランスはどうなっちゃうんだろ」

「そんなの考えたって仕方ないよ。俺たちに大事なのは、今夜の飯だ」

ジャックの言い分はもっともだが、ジルの心配はもっと別のところにあった。

皇帝陛下自ら、全軍を率いているのだ。

その皇帝が負けてしまったら、フランスはどうなる？

きっと、政治体制そのものがまた変わるはずだ。

街の人々はそんな予感をひしひしと抱いているらしく、街中では違う主義主張を持つもの同士で小競《こぜ》り合いが増えた。

「ねえ、アルノー家って覚えてる？」

「えっ？」

いきなりその話に触れられて、ジルは目を丸くする。

「どうしたの、いきなり」

「ほら、前に教会に寄付に来た人がいたじゃん」

「うん」

「どうもそれって隠れ蓑《みの》だったらしくてさあ。ホントはプロイセンに情報売ってる敵なんだって。酷《ひど》いと思わない？」

「それ、新聞で読んだよ」

おかげでついこのあいだ、ジルは酷い目に遭ったのだ。

ベルナールとはあれ以来顔を合わせていないが、さすがに、アルノー家にジルが戻ったかどうかを確かめにいくほどの厚顔さはないだろう。

ダニエルは男娼として身売りをしようとしたジルを叱責《しっせき》したが、怒ったのは一度だけだ。すぐにいつもどおりになり、彼はジルの仕事を見つけると約束してくれた。

「え⁉　ルネ、新聞読めたっけ？」

「ん、まあね。でも、どうしてそんな誤解が広まったのかな」

「お屋敷で何度もすごい舞踏会やパーティを開いてて、そこにはプロイセンのやつも来てるんだってさ」

「パーティ？　そんなことをするような人じゃなかったけど……」

祖母はにぎやかなことを好まない。人が集まる席をあえて設けるとは、到底思えなかった。

「ん？　ルネ、アルノー家のこと知ってるの？」

「あ、ううん。そうじゃないけど、噂では……あの家の女主人は渋いって聞いたことがあるんだ」

とはいえ、ルネが自分の人脈を広げるためにパーティを開いたのだとすれば、おかしいことでもない。

そして、より多くの人を招こうと招待客の人選を甘くしたのであれば、結果的にプロイセンに情報を流すような連中がいたとしても不思議はないのだ。

「スパイだってばれたからかイギリスに逃げようとして、小間使いに船の切符を買わせてるのが目撃されたんだって。汚いよなあ」

そこまでは新聞で読んだ情報だったが、そのあとは違った。

「でさ、あの愛国者がどうこうって連中が、家から出ていかないように朝から晩まで見張ってるんだってさ」

「そんなの、二、三人で見張ったって意味はないよ」

「最初は十人だったけど初日の夕方には三十人になって、今じゃ百人以上いるって話だ」

「ええっ!?」

あまりのことに、ジルは声を上擦《うわず》らせた。

「声がおっきいよ、ルネ」

呆《あき》れたようにジャックがジルを見据えた。

「ごめんなさい。でも、見張りなんて……」

「だって、本当に逃げたらスパイってことだろ？　そんな真似したら、襲撃されて嬲《なぶ》り殺されたっておかしくないね」

ジルは言葉もなく、呆然《ぼうぜん》とその場に立ち尽くした。

ジャックは気づかずに数歩進みかけて、それから振り返った。

「何でそんなに驚いてるの？」

「いや、だって……野蛮じゃないか、そんなの」

「そう？　ブルジョワジーの家を襲撃したって、べつに誰も困らないさ。戦争に飽き飽きしてる連中も、どこかで発散したいだろうし」

ジャックはそう言うけれど、祖母を残してきたジルにとっては困る困らないの問題ではなかった。

愛されていないことにさんざん文句を言っていたくせに、いざ離れたとなると、たった一人の血縁が心配でならなかった。

ルネをアルノー家から追い出したいとは思っていた。不幸せになってしまえと願っていた。けれども、ここまでの破綻《はたん》はあんまりだった。

それでは祖母とヴァレリー、家で働いている多くの人々を巻き込んでしまう。

ルネはジルの幸せを全部奪っていった憎いやつだ。

だけど、ルネが死んでしまったりすれば、きっとダニエルは悲しむ。

ダニエルが嘆くところを、見たくはない。

表情を引き締めるジルに、ジャックは「どうしたの？」と聞く。

「何でもない」

ジルは首を振り、それからジャックを安心させるように微笑《ほほえ》んでみせた。

スープの味は完璧。

あとはダニエルが戻るのを待つばかりで、ジルは懸命に「お帰り、ダニエル」と自然に口にする練習を試みた。

恥ずかしいけれど、いざとなると、ダニエルには上手《うま》く話せない気がした。

どうしてかは、わかっている。

ダニエルとのこの暮らしに、今、ジルは未練を感じているのだ。

帰りたいという思いと裏腹に、ダニエルとの生活が楽しかった。貧乏も苦にならないし、一緒にいられると嬉《うれ》しかった。

好きな人と共に暮らす喜びに、ジルは毎日満足している。

「ただいま」

ドアを叩くこともなく、ダニエルが顔を覗《のぞ》かせる。

「お帰りなさい」

外套《がいとう》を脱いだダニエルは、帽子と一緒にそれを壁のフックにかける。

「ダニエル、話があるんだ」

「何だ？　お、旨《うま》そうだな」

言いながらダニエルが、くしゃりとジルの髪を撫《な》でる。

「おまけにいい匂いがする」

言いながらダニエルはジルの首に顔を埋《うず》め、からかうように匂いを嗅《か》いだ。

ダニエルのふわっとした髪が顎《あご》のあたりに触れ、ジルは目を細める。

顔を動かされるたびに髪が喉や顎を擽《くすぐ》り、それがそのまま官能に直結してしまう。

「あっ」

よろけたジルが椅子《いす》に摑《つか》まると、ダニエルが「どうした？」と顔を上げた。

「だめだよ、ダニエル……そんなの……」

「何だ、おまえ、感じてるのか？」

「当たり前、だよ……触られたら、感じちゃうもの……」

震えながらジルが訴えると、ダニエルは真剣な顔になってジルの目を覗き込んだ。

「怖くないのか？　あの男に、されて」

「あれはダニエルって思ってた……でも、淋《さび》しかった。ダニエルじゃないから……」

自分でも意味がわからないことを口にしたが、ダニエルには伝わったらしい。

「馬鹿」

ダニエルがぎゅっとジルを抱き締めてきた。

「馬鹿なこと、もう一つ言ってもいい？」

「何だ？」

「アルノー家に潜り込みたい。一緒にその手立てを考えてくれない？」

「アルノー家に？」

一歩退《ひ》いたダニエルは、怪訝《けげん》そうな顔でジルを見やる。

その瞳には懸念の色が光っているので、ジルはどう説明すればいいのかと苦慮した。

「うん。――知ってるかもしれないけど、その……群衆が詰めかけてるって聞いて……それで、おばあさまが心配で」

「……ああ、知ってるよ。おまえが落ち込むと思って言わなかった」

ジルは俯《うつむ》き、それから毅然《きぜん》として顔を上げた。

「心配なのは、おばあさまだけじゃないんだ」

「例の目が節穴の執事か？　おまえとルネの見分けがつかないなんて、どうかしてるやつだ」

どこか苛立《いらだ》ったような尖《とが》ったダニエルの声を不思議に思いつつ、ジルは首を横に振った。

「ううん、ルネのほうだよ」

「何だって？」

「ルネを助けて、逃がしたいんだ。もしルネが本当に何か悪事をしでかしたなら、その罰は僕が受ける」

暫《しば》くぽかんとした顔つきで立ち尽くしていたダニエルだったが、やがて、呆れたように首を横に振った。

「……おまえなあ……どこまでお人好《ひとよ》しなんだ」

お人好しという言葉とは、少し違う気がする。

ジルは自分のしたいようにするだけで、それが結果的に、ルネを助けることに繋《つな》がっているだけだ。これは自分のためなのだ。

だけど、どう言えば通じるかわからなかったので、ジルは口を開いた。

「だって、どんなに嫌いでも、やっぱりルネのことは放っておけない」

「何で？」

「ルネはダニエルの友達だもの」

ジルの言葉に、ダニエルが驚いたような表情になる。

「それに、ルネの口から聞きたい。何でこんなことをしたのか。どうして僕を酷い目に遭わせたのか。それがわからないと、どんな結末になっても、僕の気持ちに決着がつかない」

決然と言い切ったジルを見つめ、呆然とした様子のダニエルがやっと口を開いた。

「──本気なんだな」

「うん」

もう、迷わない。

ダニエルと離れてしまうのに胸は痛むけれど、でも、今は自分よりもダニエルのことを大事にしたかった。

「なら、屋敷に入る算段はしてやる」

「本当に？」

ダニエルもすっきりとした顔をしていた。

何かが吹っ切れたようなすがすがしさで、もともと男前なこともあって、見惚《みと》れてしまうくらいに凛々《りり》しい表情だった。

「嘘をついてどうするんだ。おまえが今まで屋敷に潜り込まなかったのは、そうする手段が見つからなかったせいだろ？　俺がどうにかするよ」

「ありがとう、ダニエル！」

「……いいよ」

ダニエルは真顔で告げ、再度ジルの髪を撫《な》でた。

その指には先ほどよりも優しさが籠《こ》もっているようで、ダニエルは喜んでいるのだろうとジルは解釈した。

当たり前だ。

大好きな幼馴染《おさななじ》みを見殺しにされるよりは、救われるほうが嬉しいに決まっている。

「馬鹿だな、おまえ。ルネなんかのために」

「そうじゃないよ」

あえて言うのであれば、ダニエルのためだ。

ルネが死んでしまえば、ダニエルが嘆くのはわかっていた。それが嫌なのだ。

「ありがと」

はにかんだように微笑むと、ダニエルが微《かす》かに息を詰めた。

「だめだろ、ジル。そんな顔したら……」

「え？」

「放っておけなくなる」

囁《ささや》いたダニエルがジルに唇を押しつけ、キスをせがんでくる。応えているうちにそれは深いものになり、ジルはダニエルに押し倒されていた。

ズボンを剝《は》ぎ取られ、下着も一緒に奪い取られる。

「ダニエル…」

ベルナールの監禁から脱け出したあと、ダニエルは自分に触れなかった。

このままもう何もないのかと、少し心配だったのだ。

「悪い。でも、優しくする」

「優しくしなくて、いいよ」

ジルは小さく笑った。

「こうして、ほしかったから……だから、早くして」

「ここ、挿《い》れられたんだろ？　痛くなかったか？」

ダニエルの指が繊細に動き、ジルの蕾《つぼみ》をそっとさすった。

「大丈夫……だって、されてない…から……」

「あいつ、勃《た》たないのか？」

「そ、じゃなくて……、あ、指、入る……ッ」

「挿れてるんだよ、当たり前だ」

「ん、ん、うぅ…ッ…僕が、言うこと、聞くまで……挿れな…って……」

「こんなに可愛いおまえを前に、よく耐《た》えられたな。やっぱり異常だ」

呟いたダニエルが、熱っぽい声で「俺は我慢できないよ」と囁く。

「うん、挿れて」

ジルは両膝を立てて、ダニエルにそこを示した。

「可愛いよ」

囁いたダニエルが覆い被《かぶ》さり、ジルの中に入ってくる。

小さな爆発を繰り返す生の営みをまざまざと感じ、ジルはダニエルが自分の中で果てるまで嬌声《きょうせい》を上げ続けた。


粉塵《ふんじん》を吸い込まないように口許《くちもと》をハンカチーフで覆い、ジルは目を閉じる。

咳《せき》でもしようものなら、ここに第三者が乗っていると気づかれてしまう。

ダニエルが捜してきたのは、皮肉にも、例の炭商人の馬車だった。

一度下見をしたが、愛国者の会とやらは青年社会主義同盟とやらと結びついて人数を増やしたらしく、有象無象がアルノー家の塀の周りをぐるりと取り巻いている。その数は百人では足りないほどで、社会への鬱屈《うっくつ》の捌《は》け口《ぐち》を求めている人はこんなに多いのだ。

ダニエルの話では、愛国者たちは商人たちが入っていく分には気に留めないとのことだ。出ていく馬車の中を確認すればいいからだ。

それでも、門から中に入るとなると荷台を確認されないかと心配になってしまう。

「おい、止まれ！」

不安は的中した。

門を潜《くぐ》った様子はないから、その手前で停《と》められてしまったに違いない。

ジルは荷台で身を縮こまらせた。

「何でしょうか」

「アルノー家へ用事か？」

「はい、炭を運んでいます」

「中を見せてもらおう」

どきっとしてジルは胸を震わせる。

本来なら日用品の仕入れはすべて裏口から運び込むのだが、彼らは裏口の使用を禁じている。今日に限って、中に入る馬車まで調べるつもりか。

見つかれば、一巻の終わりだ。

炭の袋と袋のあいだに隠れているが、奥まで見られたらどうしようもない。

まるで大きな手で心臓をぎゅっと摑《つか》まれたように、震えてきた。

「かまやしませんが、埃《ほこり》がすごいですよ」

「いい。炭はどれくらい運んでる？」

声が近づいてくる。

「ちょっと待ってください。書類が……」

「ああ、もういい。直《じか》に見てみる」

あと少し……どうしよう……。

がばりと幌《ほろ》を捲《まく》り上げられ、光が差し込んでくる。石炭袋の後ろに蹲《うずくま》っていたジルは、息を止めるほかない。

「すごい量だな」

そう言いつつ、男の気配が近づいてくる。だめだ、このままじゃ見つかってしまう。

「ポール！　こっちの馬車を見てくれ！」

「何だ、まだ馬車がいるのか？」

ジルのすぐ間近で男は返事をし、それから馬車を降りたらしい。幌が閉まった。

「行っていい」

「へい」

躰《からだ》から力が抜けていく。

緊張していた脚から力が抜け、急に筋肉が痛くなってきた。

商人が邸内に入り、馬車が再び停まった。ジルは彼が袋を下ろす隙《すき》に、荷台から滑り降りる。

厨房にさえ入り込めば、あとはこちらのものだ。ジルは勝手知ったる邸内にこっそりと忍び込む。

懐かしい我が家だ。

しんと静まり返ったところも、どこか黴臭《かびくさ》いところも、すべてが愛《いと》おしい。

だが、そんな感慨を押し殺して、ジルは二階にある自分の部屋へ向かった。

ルネは群衆のせいで外出もできず、家に釘付けにされていると聞いている。

彼はここにいるはずだった。

そっとドアを開け、室内に滑り込む。

「ったく、へましちまったぜ」

小さな舌打ちと共に、そんな声が聞こえてきた。

薄暗い部屋のドアを押して、ジルはその中にするりと入り込む。

夢にまで見た我が家だ。

勉強をするために据えられた、大きな椅子と机。蔦《つた》模様の壁紙。

それから天蓋《てんがい》つきのベッド。垂らされたカーテンは濃いブルーで、きっといい夢が見られるだろう。

ルネはチェストを探り、荷造りか何かをしているようだ。

「……ルネ?」

「!」

びくっとルネが肩を震わせ、そして、恐る恐る振り返った。自信家の彼にしては珍しい反応に、ジルは少しだけ溜飲《りゅういん》が下がるのを感じた。

「おまえ……!」

ルネは驚愕《きょうがく》しきった顔つきになり、ジルを穴があくほど見つめてくる。

文字どおり、幽霊でも見たような反応だった。

「驚いたな。どうして、ここに」

それでもすぐに立ち直り、ルネはジルに近づいてくる。

「僕の家に、僕が帰ってくるのは当然だ」

ジルが平然と言い放つと、ルネはその碧眼《へきがん》を瞠《みは》った。

それから、くっと口許を歪《ゆが》めて笑みを作る。

ふてぶてしい表情だが、不思議と憎悪は覚えなかった。

「やれやれ、根性は据わったみたいだな。坊ちゃまだったのに、顔つきがすっかり変わってやがる」

「そっちこそ、少しは上品になったみたいだけど、もう鍍金《めっき》が剝《は》げてきてる。せっかく上流階級に馴染んだんだから、言葉遣い覚えて帰ったら？」

ジルの皮肉に、ルネは「言うねえ」とにんまりと笑った。

「で？　どうしてここに？　プロイセンのスパイの顔でも拝みに来たのか？」

「うん」

あっさりとジルが言うと、ルネは露骨に顔をしかめた。

「冗談だよ」

「おまえ、性格まで悪くなったな」

「かもしれない」

ジルはぺたりと寝台に腰を下ろし、ルネを見つめた。

「君はどうするつもり？　見たところ荷造りしてるみたいだけど、イギリスと思わせておいてプロイセンにでも亡命する気？」

「スパイでもないのに、そんな墓穴を掘るようなことができるわけないだろ。それこそ身の破滅だ。途中で捕まったら死ぬしかない」

「じゃあ、ほかの国に行くってこと？」

「ああ。こんなところで悪運が尽きるとは思えないからね」

楽しげにルネは声を上げて笑い、トランクの蓋《ふた》をぱしっと閉じた。

こんなににぎやかにしたら、ヴァレリーに勘づかれないのだろうか。

ジルのほうこそはらはらしてしまう。

「おれはおれなりに、やりたいことがあった。でも、足を引っ張るやつがいる。こっちに落ち度はないのに、何の根拠もなく急に掌《てのひら》を返しやがった。おまけにおれが生娘《きむすめ》に乱暴したとか、そんな嘘八百を記事に書くんだぜ。信じられるかっていうの」

もしかしたら、その記事はジルのせいではないかと思ったが、それは口にしなかった。

「だから逃げるの？」

「逃げる？　かもしれないな。でも、おまえならどうする？　こんな状況になったときにさ」

ルネは露悪的な口調だった。

尻尾《しっぽ》を巻いて逃げると言わせたいのだろうが、そうはいかない。

「僕は立ち向かう」

ジルの返答に、ルネは目を瞠った。

「ここにいたら殺されるかもしれないのに⁉　おれがスパイじゃないって証明するのは不可

能だ！」

まさに悪魔の証明というものだろう。

ルネにその可能性がないと証明するためには、ありとあらゆる選択肢を検証し、そういう事実はないと列記しなくてはいけない。

「フランスに鳩はいる」と証明するとしたら、フランスで鳩を一羽捕まえればいい。けれども、逆に「フランスに鳩はいない」と証明するには、フランス全土をくまなく調査する必要がある。それと同じだ。

「どんな状況だって、味方してくれる人はいる。優しい人もいる。だから、僕は逃げたくないんだ」

「――おめでたいな」

不思議と、その声の中に馬鹿にしたようなものは含まれていなかった。

「おれは負けたんだ。それに、せっかく柄にもない人助けなんてしてみても、戦争で山ほど死人が出る。虚《むな》しいもんだ」

「ルネ……」

「所詮《しょせん》、悪銭じゃ何もできないってことだろうな」

たぶん、これがルネの本音なのだ。ジルを追い出してまで、彼がしたかったことの一つ。

ならば、それでいい。許せてしまう。

「わかったよ。とにかく、今は僕が身代わりになる。君が逃げたとしても、僕がジルとしてこの家にいれば問題はないだろ？」

「身代わり？」

「うん。僕はおばあさまを守らなくちゃいけない」

「どうしてだよ」

「君をここに引き込んだのは、僕だ。責任を取る必要がある」

「まったく、お人好しが過ぎるぜ」

「そうでもない。僕なりの打算の結果だ」

会話をしているうちに、室内の空気が動いた気がする。

「騒がしいようですが、何かありましたか」

細いドアの隙間から聞こえてくるのは、ヴァレリーの声だった。

しまった。

話に夢中で、ヴァレリーの存在にまったく注意を払っていなかったのだ。

狼狽《ろうばい》するジルを手で制し、ルネは人差し指を口に当ててから口を開いた。

「平気」

「外は気にせずに、支度をしてください、ルネ」

ヴァレリーは、ルネを——ちゃんとルネと呼んだ。

どういうことだ？

知っていて、ヴァレリーはルネに荷担したのか。

色を失うジルを面白そうに眺めたあと、ルネは「それよりさ」と外のヴァレリーに向かって声をかけた。

「何ですか？」

「入ってこいよ。いいものを見せてやる」

一拍置いて、ドアが大きく開いた。

つかつかと歩み寄ってきたヴァレリーは、寝台に腰を下ろした二人の前に立つ。

すらりと長身のヴァレリーは灰褐色の目でルネを、そしてジルを見た。その視線は揺らがない。

「坊ちゃまの帰還だ。おまえも嬉しいだろ、ヴァレリー」

「どうだか」

ヴァレリーはため息をつき、ジルを見やった。

すぐには、ルネの言葉を咀嚼《そしゃく》できなかった。

「どうして戻ってきたんです？　ここには、あなたを幸福にするものなど何もないのに」

やはり、ヴァレリーはルネをルネとして認識している。

彼はルネが偽物だと知って、それでいてこの家の御曹司として仕えてきたのだ……！

「ヴァレリー、おまえ……ルネとぐるだったのか？」

「ぐる？」

「ぐるになって、僕を追い出したのかって聞いてるんだ！」

ジルは本気でルネに対する怒りをぶつけていた。

「まさか。私はアルノー家を守るために仕えています。主人の人となりがどうであろうと、追い出す理由にはなりません」

あんまりな言いぐさに、ジルはぽかんとしたが、一方では納得もしていた。

ヴァレリーはある意味で、何よりも職務に忠実だ。しかし、こうまで融通が利かないとは思ってもみなかったので、それが意外だった。

「だったら、ルネがいいってこと？」

「それは未知数です。判断するより先に、私は仕事から逸れたところでこの人に興味を持ってしまった。職務を逸脱しすぎました。そのせいで彼が窮地に追いやられているのであれば、放っておけない」

「その必要はない。ルネのことは、ダニエルが面倒を見る」

ジルがそう言い切ると、ルネは「は？」と不審げな顔になった。

「何、それ。どういうこと？」

「どうって……だって、ダニエルはルネを守りたがってる。ルネはダニエルと逃げないと」

ダニエルの名前を出すときだけ、ジルは早口になってしまう。

この会話をしたくないからだと、ジルははっきりと自覚していた。

「何でおれがあいつと一緒に行くんだよ」

「ダニエルはルネを心配してる」

「そりゃ、友達だからな。でも、おれにはあいつを連れてく義理はない。おれはヴァレリーと逃げるって決めたんだ」

ジルがヴァレリーにちらりと視線を投げると、彼は否定はしなかった。

「ヴァレリーと、ルネが……？」

たった今ヴァレリーは興味と言ったが、二人のあいだに、いったい何があったのだろう？

彼らには親密な空気すら漂わず、ジルには理解できなかった。

「ダニエルだって、時計職人として頑張ってるんだ。今更どこへ行こうとは思わないぜ」

「じゃあ、どうして……」

「ん？」

「何で僕がここに来るのを助けてくれたんだろう」

ジルが呟くと、ルネが呆れたように口を開いた。

「そんなのダニエルしかわからないよ。でも、ま、おまえに絆《ほだ》されたんじゃないのか？」

「僕に？」

「そ。ヴァレリーみたいにね」

それを聞いたヴァレリーが、咳払いをした。

「ともかく、ここから逃げ出すのは容易ではありません。人目もあるし、切符を買うのもままならない」

「切符ならあるよ」

ジルは胸ポケットに手を差し入れ、そこから封筒を取り出した。

「これは？」

封筒を受け取ったルネは中身を確認し、ひゅっと口笛を吹く。

「ニューヨーク行きじゃないか、しかも二枚。あんたにしちゃ気が利いてるな」

「ダニエルが買ってきてくれた」

「……なら、有り難くご厚意受け取っておくよ」

凜《りん》と言い切ったルネは、ジルを真っ向から見据えた。

「でも、どうやっておれたちをここから出すつもりだ？」

「僕に、考えがある」

毅然《きぜん》とした態度で、ジルは「ヴァレリー」と久しぶりに執事を呼んだ。

「何ですか、ジル様」

冷たい声音が耳を心地よく擽る。

今なら、素直に思える。

ずっとヴァレリーのことが好きだった。反発したのも嫌っていたのも、幼い恋の裏返しだった。

だが、それももう終わったことだ。

その証《あかし》に、彼の声は昔のように複雑な響きをもって胸に落ちてはこない。

自分の心は、気持ちは、すべてダニエルに向かっているのだと実感する。

そのダニエルにとっては、一番酷なことをしてしまうのだ。

それだけが後悔の源になっている。

「髪を切ってくれない？　ルネに比べて、僕は髪が伸びすぎてるみたいだ」

「わかりました」

頷《うなず》いたヴァレリーは「鋏《はさみ》を取って参ります」と答えた。

二人きりになると、ルネは不安げに表情を曇らせてジルに向き直った。

ヴァレリーと一緒にいるときは、だいぶ強がっていたらしい。

ルネはきっととても意地っ張りなのだろう。

「……おまえ、本気で上手くいくと思ってんのか？」

「わからない」

「じゃあ、どうして」

「わかりきった未来なんて面白くないよ。いつもそう思ってた。違うレールを敷いてみたいって。君に出会って、僕はそれを知ったんだ」

「だからってなあ……」

そこでルナは頭を振り、大袈裟《おおげさ》に肩を竦《すく》める。

「いけ好かない坊ちゃまだと思ってたけど、最後までそうだな、おまえ」

「僕だって君のことは好きじゃないよ」

澄まし顔で言うジルに、ルネは「好きになってほしいなんて思ってない」と答えた。


翌朝。

ジルは新しい下着に袖を通し、シャツを身につける。ネクタイを締め、ジャケットとズボンに着替えると、気分が引き締まった。

その様子を、椅子に腰掛けたルネは呆れた様子で見守っている。

「本当にやるのか」

「当たり前だ。そうでなければ、お互いに活路はない」

ヴァレリーに部屋に運ばせて食事を終えたジルは早速ルネと入れ替わり、まず、祖母の部屋を訪れた。

祖母は体調が悪いらしく眠っている。

「おばあさま」

ぴくりとも動かない祖母の傍らに膝を突き、ジルは「心配をかけてごめんなさい」と小声で告げた。

「おや……ジル」

祖母は一瞬だけ目を覚まし、そう言うと、また眠りに落ちた。

涙が出そうなくらいに、とても嬉しかった。彼女に会えただけで、満足だ。

あとは、自分のなすべきことをするだけだった。

まずはあの人混みを対処しなくてはと、呼びつけた警察官と話をすることにした。

ヴァレリーが手配した警察官は辟易《へきえき》した顔で、玄関に立っている。目にはブルジョワジーへの軽蔑《けいべつ》もあからさまだ。

「家の周りを囲む人たちをどうにかしてもらえませんか？　僕は外出すらできずにいるんです」

「あいにく、無理ですねえ」

警察官はのんびりと口を開いた。この災難をあくまで面白がっているような口ぶりだった。

「どうしてでしょうか？」

「彼らは何かをしているわけじゃない。それに、ともすれば暴動が起きるかもしれないでしょう。暴徒がこの家を襲うのを防ぐ役割もしてくれるかもしれませんよ」

何をのんきな、とジルは怒りを覚えたもののそれをぶつけては話が拗《こじ》れてしまう。

彼を帰してから、ジルは改めて居間でヴァレリーと相対した。

「どうなさるのですか」

「僕が話をしてみる。ヴァレリーは支度をして」

「ですが、あなた一人では」

「何とかなるよ。僕さえこの家にいれば、彼らは問題ないんだもの。あとは連中の目を僕に引きつけておけば完璧だ」

「……ジル様」

ヴァレリーは低い声で名を呼び、その場に片膝を突いて深々と一礼した。

「あなたが成人になるまでお仕えできないことを、お許しください」

「――許す」

表情を引き締め、ジルは真剣な顔で短く告げる。それを耳にしたヴァレリーが、ゆっくりと顔を上げた。

「ありがとうございます。立派になりましたね」

「アルノー家の当主には相応《ふさわ》しい？」

軽口を叩いてみると、ヴァレリーは微かに笑んだ。

「まだまだです。でも、素質はある」

「ありがとう、ヴァレリー。元気でね」

「はい」

「さよなら。ルネをよろしく」

そう言ったきり、ジルはもう振り返らなかった。これが別離の儀式だと知っていたからだ。

ドアを開けたジルが玄関を開けて群衆の前に顔を出すと、彼らは最初それが誰だかわからなかったようで、ざわめいている。

胸を張ったジルが毅然《きぜん》とした態度で門扉に近づくと、ざわめきが大きくなった。

「あいつだ！」

「売国奴め！」

「プロイセンのスパイ野郎！」

小石が飛んできて、ジルの頬《ほお》を掠《かす》める。だが、怯《ひる》まずにジルは真っ向から歩いていった。

今度は大きめの石が飛んできて、額《ひたい》に当たる。さすがにジルは足を止めたが、それでも気にしなかった。

「リーダーはいませんか」

「は？」

門扉の一番前に取りついていた小太りの男が、目をぎょろりとさせる。

「あなたたちをまとめている方に、会わせてください」

「何言ってやがる！」

「そんなことできるか！」

口々に罵《ののし》られて、さすがにジルは挫《くじ》けそうになった。

一人でこんな風に誰かと対峙《たいじ》したことなんて一度もなく、心が折れてしまいそうだ。

だけど、ここで踏ん張らなくては誰のことも守れない。

「おまえたち、子供相手に何をしてるんだ」

呆れたような声が聞こえ、ざわめく群衆たちが左右に避《よ》ける。門に向かって道のように割れた群衆のあいだから顔を覗かせたのは――確か、アンリだ。以前、どこかで転びかけたジルを手助けしてくれた、好青年。

にこやかな顔つきの彼が現れた途端、ぴりぴりしていた雰囲気が一変した。そのうえアンリは、ジルにとって覚えのある人物を従えている。

――ダニエル……!?

驚愕《きょうがく》に目を丸くするジルに向けて、ダニエルは緊張した面持《おもも》ちで目配せをする。悟られないように気遣いつつ、ジルは背筋を伸ばした。

「はじめまして、アルノーさん」

アンリが門扉越しに右手を差し出したので、ジルは躊躇《ためら》いなくそれを握り返す。

繊細そうな顔立ちに反し、がっしりとした肉厚な手だった。

誰の手も、ダニエルのそれとは違うのだと実感する。

そして、自分の心を常にあたためてくれるのはダニエルの手なのだということも。

「こんにちは、アンリ」

「私の名前をご存じなんですか？　驚いたな」

「ええ」

さすがに盛り場で女装しているときに目にしたとは言えず、ジルは笑顔で誤魔化《ごまか》した。

「リーダーに出てきてほしいとか？」

「はい、中で話をしませんか？　僕がスパイだという誤解を解きたいんです」

「だめに決まってるだろ！」

背後で民衆の一人が、叫び声を上げる。

「こいつに殺されたら困る！　あんたが死んだらどうするんだ！」

「プロイセンのスパイなんぞ、信じられるわけがない」

外野の野次《やじ》が飛び、アンリは苦笑する。

「大丈夫だから、皆、黙ってくれ」

そこで初めて、群衆はしんと静まり返った。

「お茶は有り難いですが、皆を安心させるようにやってください」

「では、庭でお茶をしましょう。そこなら、彼らから見える」

「庭でお茶か……まあ、それも優雅だな」

ジルの提案に大きく頷き、アンリはにこっと笑った。目尻が垂れ下がり、右の口許にだけえくぼができた。

「じゃあ、そうしましょう」

「では、こちらに」

ジルは女中と使用人に命じて、テーブルと椅子を用意させる。それから、ワゴンで紅茶を運ぶように告げた。

ヴァレリーが姿を見せないのは、逃亡計画を実施しているせいだろう。

本当に、ヴァレリーがいなくなってしまうのだ。

そう考えると、せつないような、淋しいような……そんな気持ちが押し寄せてくるのだ。

「ダニエルも、どうぞ」

「俺も?」

「お二人は知り合いなんですか?」

「はい」

アンリは不思議そうな顔になったが、特に問題もない様子で従った。

「いや、俺はいい。外で待ってるよ」

「わかりました」

本当はダニエルにも助け船を出してほしかったのだが、彼が遠慮した以上は仕方がない。

「それで、アルノーさん。あなたの望みは？」

「もちろん、ここから解散してほしいと思っています。でも、それがだめなら皆さんに食事を振る舞いたい」

「食事を？」

椅子に腰を下ろしたアンリは、ぐっと身を乗り出した。

「私たちを懐柔する気ですか？」

「こういうときくらい、心を一つにしなくては。少なくともフランスが負ければ、お互いに益はありません。少し早いですが、聖王ルイ九世の日を皆で祝いましょう」

「ふむ……」

「どうせ僕への疑いが晴れるまでここにいるのでしょう？　それなら我が家流にもてなします。毒が入っていると疑うのなら、ご馳走は食べなくても構いません」

考え込んでいる様子のアンリに、ジルは微笑んでみせた。

「材料の仕入れと料理の手伝いのために料理人と商人を手配しましたが、それくらいの出入りは見逃してもらえませんか？」

「驚いたな……」

アンリは息を吐き出し、ジルの出した紅茶を口に含む。

「うん、美味《おい》しい」

「茶葉は我が家でも自慢のブレンドです」

ジルは微笑みを浮かべ、自分もまた紅茶を飲んだ。

その様子を、門扉越しに群衆は固唾《かたず》を呑んで見守っている。

彼が何か言おうとしたそのとき、群衆の一人が声をかけた。

「アンリ‼　話してるところ悪いが、馬車はどうする？」

見れば、門の外には商人たちの馬車が何台も並んでいる。

「理由は聞いたから、そのまま通してあげてくれ」

アンリは荷台を確認せずに馬車を通すよう、仲間に頼んだ。

そして、気を取り直したように真っ向からジルを見据える。

「スパイなのが露見して、イギリスに行くんじゃないんですか？」

「そんなのは新聞のデマですよ。彼らが常に真実を伝えているわけではないのは、子供だって知っています」

微笑みを浮かべ、ジルは肩を竦《すく》めた。

「どうでしょう？　僕の潔白を信じてくれますか？」

「――これから先、我々はブルジョワの助力なしでは運動はなし得ない」

アンリは不意に切り出した。

「私たちは社会主義革命を望んでいる。ブルジョワはそこで敵対する勢力となり得る。だが、やりようによっては味方も増やせる。あなたが橋渡しをしてくれますか」

「その主張にもよります。でも、今のままではただ対立を煽《あお》るばかりだ。無実のアルノー家が襲われたとなれば、ブルジョワたちは必ずあなたたちの敵に回る」

「では、和解が必要というわけだ」

アンリは頷き、そして、右手を差し出す。

「いいでしょう、アルノーさん。提案を受け容れます。私の仲間がご迷惑をおかけしました」

「ありがとうございます」

ジルはにっこりと笑い、彼の手を握り返す。

「あなたの身を保証するのは、あなたの誠意だ。でも、その点は信頼しています」

「本当に？」

「ダニエルがいますから」

「え」

ジルは目を瞠る。

「ダニエルは役目を終えても尚、皆に信頼されています。その彼が、あなたの人間性を見極めて、もし眼鏡《めがね》に適《かな》うのなら助けてほしいと言った。だから、私はあなたを信頼したんです。

あなたはスパイには到底見えません。ここに留まりさえすれば、私の仲間以外の人たちもあなたを信じるようになるでしょう」

ダニエルがそこまでの助言をしてくれていたなんて、知らなかった。

ジルの胸がじわりと熱くなる。

「馬車が出るぞ！」

ささやかな茶会が終わったところでちょうど商人の馬車が出ることになり、誰かが声を上げた。しかし、人も馬車も多いのでそこで停止してしまう。

「この馬車はどうする？　荷台を見るか？」

まさに、あの二人が乗っている馬車だ。緊張にジルの心臓がぎゅっと縮こまる。

「ちょっと待って」

アンリがなぜか馬車を足止めさせる。

この馬車でルネとヴァレリーが出ていかなければ、一巻の終わりだ。

ルネを逃がそうとした企《たくら》みが露見し、ジルもルネも袋叩きにされかねない。

「ところで」

不意にアンリが話しかけてきたので、ジルははっとした。

「は、はい！」

まさか、自分たちの企《くわだ》てに気づかれてしまったのだろうか。

アンリは目を細め、ジルの真意を見抜こうとするかのようにじっと目を覗き込んでいる。長い十数秒だった。

「あの……？」

とうとうジルが口火を切ると、アンリは「失礼」と頬を赤らめる。

「知っている人に似ている気がしたものですから」

「知っている人？」

「可愛らしいお嬢さんです。その、目の色がとてもよく似ていたのですが……気のせいですね。あなたの顔立ちがあまりに美しいので。失礼しました、アルノーさん」

誰のことを指しているのかわかり、ジルのほうこそどぎまぎしてしまう。

「いいえ、お気になさらず」

残念そうな顔をしているアンリに、仲間が声をかけた。

「アンリ！　馬車はどうする？」

「え？　ああ、もう調べなくていいだろ？」

さっきから馬車のことばかりだな、とアンリがため息をついた。

微笑むジルの傍らを、ワインの樽《たる》の運び込みを終えた馬車がゆったりと出ていく。

万感の思いを込めるジルの視線は、同じように馬車を見送るダニエルに注がれていた。

「庭園がぐちゃぐちゃだな」

バルコニーから庭を見下ろしていると、背中をそっと抱いたダニエルが耳打ちしてきた。

夜風がひんやりと躰を冷やしていく。

「庭だけじゃないよ。広間もごちゃごちゃ。盗まれたものがないのが奇跡なくらい」

冗談でそう言うと、ダニエルは真顔になって返した。

「あいつらは掠奪《りゃくだつ》はしないよ。アンリの人柄を知っているだろう？　彼らはそういう意味では、純粋にアンリを慕っている。アンリの顔に泥を塗る真似はしない」

「人望があるんだね」

「それは、俺の後継者だからな」

その言葉を耳にしたジルは、ついつい吹き出してしまう。

その割には無礼講だったが、それくらいは目を瞑《つぶ》っておこう。

今のジルには正装は少し窮屈で、四か月この家を離れているあいだに、自分の肉体が成長したのだと思い知る。

もう、昔の何も知らなかった甘ったれな時代には戻れない。

「みんな喜んでたぜ。久しぶりにどんちゃん騒ぎして楽しかったって」

「明日はご近所には謝りに行かなくちゃ」

零時を前にパーティは解散したが、いつの間にか楽士がやって来て音楽を奏でたり、踊ったりとどんでもない騒ぎだったのだ。

「さすが、御曹司は忙しいな」

「誰かさんの尻拭《ぬぐ》いは最後までするよ」

澄まし顔でジルが言うと、ダニエルが声を立てて笑った。

「祝日にかこつけて料理を振る舞って、それで皆の心を解《ほぐ》したうえ、二人を逃すなんて恐れ入ったよ」

「カーニヴァルの日に、初めてルネを見かけたんだ」

ジルはぽつりと呟く。

「だから、祝祭で出会って、祝祭で別れる……それもいいかなって」

「洒落《しゃれ》が利いてるな」

ダニエルは褒めてから、更に付け足した。

「あれだけ仕入れの馬車が出入りすれば、連中もいちいち確認しない。いい手だよ」

「褒めてくれて嬉しいよ」

ジルはにっこりと笑う。

馬車の往《い》き来を普段以上に多くして、群衆に荷台を調べる気力を失わせる。それに、当のジルがここにいるのだから、この家から誰が出ていこうと気にしなくていいはずだった。

何よりも、彼らだって家を取り囲んでいるのにも、すっかり飽きているに違いない。

「金をふんだんに使って、いかにも坊ちゃまらしい」

「これから少し倹約すれば大丈夫だと思うよ」

「そうだな。大人しくしてれば、スパイ疑惑もすぐに消えるさ」

「うん」

二人の会話が、そこで途切れた。

ダニエルの顔を見るのが怖くて、ジルは庭に視線を落としながら口を開く。

「ごめんなさい、ダニエル」

「ん？　何かしたのか？」

「——僕は……ルネを、行かせてしまった」

でも。

顔を見たときから、謝らなくてはいけないと思っていた。

ダニエルに現実を突きつけ、失望させてしまうのが怖くて、伸ばし伸ばしになっていたのだ。

「ジル……？」

怪訝そうな声でダニエルがその名を呼ぶ。

「ルネはダニエルを選ぶと思ってた。でも、ヴァレリーと……」

それきり、言葉にならない。

説得しなかったのは、ジルがずるいからだ。

ダニエルを行かせたくなかった。

こんなふうに惨《みじ》めで情けない気持ちになるのがわかっていたくせに、それでも、ダニエルを欲しいと心のどこかで思ってしまったせいなのだ。

声を殺して泣き続けるジルを見下ろし、ダニエルは何も言わなかった。

ぽたぽたと零《こぼ》れた涙が白亜のバルコニーに染《し》みを作っている。それを何とかしたいのに、涙は止まらなかった。

「――馬鹿だな」

やっとダニエルが告げた言葉が、それだった。

「謝ることなんて、何もない。おまえはよくやったよ」

「だって、ルネを好きなんでしょう?」

「そりゃ好きだけど、あいつは幼馴染みだ。どこかへ行きたいと言ったら、喜んで送り出す」

「一緒にいたくないの?」

ふ、とダニエルが背後でため息をつくのがわかった。

せっかく割り切ろうとしていたダニエルを怒らせたのかもしれないと、ジルは身を縮こまらせる。

「やっとわかった。――おまえ、鈍いな」

「え？」

「ルネのことは好きだし大事だけど、一緒に逃げようとは思わない」

「そう……なの……？」

びっくりしたジルは聞き返し、思わず振り返った。涙に濡《ぬ》れた目でダニエルを見上げると、彼は優しい目でジルのそれを見つめ返す。

「おまえは百合《ゆり》みたいだって言っただろ。気高《けだか》くて凜として、何があっても流されない」

「そんなことないよ」

「今も、すごく綺麗《きれい》だよ」

ダニエルが熱っぽい声で告げる。

「ルネにあんな真似をされたら普通はどうにかなるだろうに、おまえは堕落しなかった。それどころか、おまえを陥《おとしい》れたルネを助けた」

「僕のためだよ。全然、褒められるようなことなんて、してない」

「おまえの……？」

白状するのが嫌だったけれど、もう、自分の醜さを打ち明けてしまうほかない。

そうでなくてはもっと惨めになり、自分を嫌いになりそうだった。

「ダニエルが喜ぶかと思ったんだ。ダニエルを悲しませたくなかった」

声が震え、途切れ途切れになる。

「俺を喜ばせたかったのか？　どうして？」

「好きだからだよ……！」

ジルはダニエルの首にしがみついて、叫ぶように言った。

「好きだよ。好き……好きなんだ……」

最後はもう、掠れてみっともない声にしかならなかったけれど。

でも、もう二度と言えない気がしたから、今のうちに伝えておきたかった。

ごめんなさい。

自分がダニエルを好きになってしまったから、ルネと引き裂く羽目になってしまった。

「ジル」

ダニエルはいつもジルを守ってくれた。助けてくれた。ジルが自分を保っていられたというのなら、それはダニエルがいてくれたからだ。

ダニエルだって、どんなに汚れた泥の中に沈んでも心は穢《けが》れなかった。

「――わからないのか？　俺がおまえのそばにいたいのも、同じ理由だ」

「同じって？」

意味がわからずに、ジルは首を傾《かし》げる。

「おまえが好きだ」

信じ難い言葉を聞かされ、ジルは目を見開いた。

しがみついていた腕を解《ほど》き、距離を取ってダニエルをまじまじと見つめたが、彼はジルに嘘をついているようには見えなかった。

「理由は今、言ったとおりだ。おまえは凜として、百合みたいに綺麗で……守ってやりたくなった」

「僕……？」

「そうだ」

信じられない言葉に、ジルは目を見開く。

喜びと同時に羞《は》じらいが込み上げてきて、頬が熱くなってくるのがわかる。

「ぼ、僕……」

「どうした？」

「どうしよう、すごく……すごく、嬉しい」

「俺もだよ、ジル」

向かいに佇《たたず》むダニエルの手が、ジルの頬から顎にかけてを慈しむように辿《たど》った。

「おまえが俺を好きだなんて、思ってもみなかった。夢じゃないのか？」

「夢なんかじゃないよ。ダニエル、すごく……あったかいもの」

その指が、心地よくて。

あたたかさに勇気を得たジルは、毅然とした表情で口を開いた。

「暫く、僕のそばにいてくれる？　ヴァレリーがいなくて、一人でやっていけるか不安なんだ。もし何かあったら、置いて逃げていいから」

「馬鹿。置いていかないよ」

また、馬鹿って言われた。

むくれるより先に、ダニエルがジルの額にくちづける。

「許されるなら、ずっと一緒にいる。おまえを助けるのが、俺の役回りだって言っただろ？」

それだけじゃ足りないと、ジルはもどかしげに唇を噛《か》む。

「どうした？」

どうしよう。言ったらはしたないって思われないだろうか。

でも、こういうときはもっと近くにいたい。

もっと、ダニエルを感じたい。

「じゃあ、今夜も一緒にいてくれる……？」

「ああ」

あっさりとダニエルが頷いたので、ジルはもどかしげに首を振った。

「そうじゃない」

「ん？」

「それって、ただ泊まっていくだけじゃないよ？」

「わかってる。いきなりお上品に添い寝だけしか許さないって話でもないだろう？」

今度は唇を啄《ついば》まれて、頭がくらくらしてきたみたいだ。

「どうしよう、パンチのせいかな」

パーティのホストとして酒を飲まざるを得なかったので、金色のパンチを何杯か飲んでしまった。その酔いが、今更のように押し寄せてきたのだろうか。

「酔っ払ったのか？」

「そうかも……頭がぼうっとする」

「じゃあ、やめておくか？」

「ううん、たくさんしたい……ダニエルとしたいんだ」

幸福感に、このまま酔ってしまいそうだった。

「本当におまえ、男殺しだな」

嘆息するように呟いたダニエルの指先が、ジルの頬を軽く抓《つね》った。


「すごいベッドだな」

入浴を済ませて躰を綺麗にしてきたダニエルが呟いたので、ジルは「ふかふかしすぎだね」

と答えた。

ジルはパリの住人にしては珍しく風呂好きなのだが、ダニエルもそうだという。ゆっくり躰を綺麗にしてきて、彼は満足げだった。

今となっては、あの安アパルトマンの硬いベッドのほうが懐かしい。

「ここに本当に一人で寝てたのか？」

「だって、僕の初めてはダニエルだよ。ほかに寝る人なんていないもの」

「そういう意味じゃない。ベッドが巨大だって言いたいんだ」

ベッドに腰を下ろしたダニエルは小さく笑って、ジルの鼻の頭を摘《つ》まんだ。

「おいで、ジル」

腕を引いたダニエルに覆い被さるようになったところで、首を摑んで顔を近づけさせられた。

「ん……」

薄く開いた唇の隙間から、ダニエルの舌が潜り込んでくる。肉厚なそれで口内をやわらかく辿られて、すぐに頭の芯がぼやけてくる。

「ふ、ん……く……はふ……」

好きな人と交わす接吻《せっぷん》の効果は、絶大だ。

躰がうずうずと熱くなり、ジルはダニエルの躰にしがみつこうとする。

「だめだ、脱いでからな」

「ン……ん」

キスをしながらダニエルがジルの寝間着を脱がせてしまったので、ジルももどかしい手つきでそれを真似した。

長いくちづけを終えて何気なく視線を落とすと、ダニエルのそれがもう兆《きざ》しかけているのは明白だった。

こくりと息を呑み、ジルはダニエルの顎を舐《な》める。

「ね、ダニエル……」

「何だ？」

「あのね」

恥ずかしいことを言う気がしたので、ジルはあえて一拍置いてから口を開いた。

「その……いつも僕がしてもらってばかりだから、今日は、自分からしてもいい？」

「するって何を」

ダニエルは怪訝そうな表情で、その茶色い目でジルを見つめている。

「だから……」

「言ってみろよ」

「ダニエルを気持ちよくさせたい」

早口でジルが言い放つと、やけに殊勝な言い様がおかしかったらしく、ダニエルがぷっと吹き出した。

「いいけど、どうやって」

「こういうの」

ジルはそう囁いて、躰をずらしてダニエルの足許に腰を下ろす。

それからダニエルの性器を右手で支え、そっとくちづけた。

「おい……」

驚いたようにダニエルが声を上げる。

「ふ、ぅう……ん、ん、んむ……」

「こら、ジル」

「これ、だめ……？　気持ちよくない……？」

くちづけつつジルが問うと、ダニエルは「そうじゃない」と呻《うめ》く。

「どこで、覚えた……そんなこと……」

ダニエルの声に色艶《いろつや》が混じり、彼が感じているのがわかってジルは嬉しくなった。

「ん、ふ……あのね、これ…すると、いいって……言われて……」

唇でダニエルのかたちを辿っていくと、彼のものが手の中でむくむくと容積を増していく。

それが嬉しくて、ジルは今度は舌を這《は》わせてみた。

小さく声を上げたダニエルが、ジルの髪を摑む。引き剝《は》がされるかと思ったが、そうではなかった。

よかった。気持ちいいと思ってくれてるんだ。

「ん、ふ……ん、ンン、……っ」

夢中になって舌を這わせるうちに、これを口の中に収めてみてはどうだろうと思いつく。

一度口を離してから尖端《せんたん》を呑み込むと、ダニエルが躰を強張《こわば》らせた。

「ふ…ダニエル……?」

「馬鹿」

短く叱咤《しった》されたと思った次の瞬間、ジルの顔が押し退《の》けられる。それでも間に合わずに、ダニエルの放ったものがジルの顔を汚した。

「あ……」

驚いたように目を丸くするジルの口許に、鼻の頭から垂れた雫《しずく》が落ちてくる。思わず舌先で受け止めると、ダニエルが「馬鹿!」と重ねて言って、手近にあった寝間着でジルの顔を拭こうとした。

「だめだよ、せっかく出してくれたんだもの」

そう言ってジルは、顔についた精液を指で拭い、そっと舐める。

ダニエルの味がするみたいだ。

「まずいだろ、そんなもの」

「ううん、ダニエルのなら美味しいよ？」

ジルは自分の顔の汚れているあたりを何度も拭き取り、指を一本一本丁重にしゃぶった。

「おまえ、意外と性悪だな」

ため息をついたダニエルが、突然躰を起こしてジルを組み敷いた。

「あっ！　な、なに？」

精液を舐め取ることに傾注していたので、反応しきれず、ジルは勢いよくベッドに押し倒されるかたちになった。

「今度は俺の番だ」

「ひゃっ」

声を上げるジルの胸に吸いつき、ダニエルが小さな突起を舌先で嬲《なぶ》ってくる。

「…あ、やっ、あ、痛い、いたいよ、それ……」

「よくないか？　もう硬くなって、芯が通ってるけど」

「う、ん……押されると、痛くて……ぎゅってして……っ」

舌で転がされるたびに、ぼうっとしてくるみたいだ……。

「…ひう、う、ん……ん、あっ……あっあっ」

弄《いじ》られているうちに硬く凝《しこ》って張り詰めてくるので、よけいに感じてしまう。

「ほら、いいだろ?」

「ん、なんか、変…へん、つきってして、なんか……それ、されると、こっちが……あっ、あっ、ああっ!」

びくっと身を震わせたジルは腰を突き上げるようにして、白濁を放ってしまう。

濃い体液でダニエルの腹を汚してしまい、ジルは小さくなる。

「おまえ、胸も弱いんだな」

感心したように言うダニエルは、先ほどのお返しとばかりにジルの性器に顔を寄せた。

「やっ! ダニエル、汚い……」

「汚くないよ。おまえもしてくれただろ。こんなに濡らして、おまえ…」

「あっ、あんっ、や、まって……まって、だめ、舐めるの、やだ……や、指も、だめ……」

「嫌なのか?」

ダニエルが蕾に忍ばせた指をくにくにと動かすものだから、襞《ひだ》が擦《こす》れてジルの狂乱は増すばかりだった。

「や、やっ、指、あ、…熱い、そこ……やだ……やあっ」

「熱くしてるんだよ」

からかうようなダニエルの声にも煽られて、おかしくなりそうだった。

「だって、気持ちよくて、変…変だよ、ここ、きゅんってして……あ、く……ふ……っ」

「どこが？」

「ここ、熱い……ッ」

どうしようもなくなって、ジルは敷布に爪を立てながら何度も上体を左右に捩《よじ》った。下半身はダニエルにがっちり摑まれてしまっているので、どうしようもなかったからだ。熱いものが下腹部に集中して、今にも弾《はじ》けそう……。

「あうっ」

促すように尖端の括《くび》れの部分を吸われて、ジルは呆気《あっけ》なく二度目を放っていた。

「ご、めん……ごめんなさい……」

目に涙を滲《にじ》ませて謝ると、ダニエルは「旨いよ」と平然と笑ってみせた。それで終わりなのかと思ったが、ダニエルは埋め込んだままの指を尚も動かす。

「ひ！　だめ、指、指、だめ、あ、動いて、ひっかいちゃ、やだ…」

時計職人だからか、ダニエルの指は器用にジルの中を蠢《うごめ》いた。

拡《ひろ》げなくちゃいけないとわかっているのに、ダニエルの指だけでこんなに苦しいのだ。

きちんとダニエルを受け止められるだろうか。

「…や、ダニエル、やだ、またいっちゃう、いくからだめ……」

懸命に訴えたのを聞いて、ダニエルは「そうか」と漸《ようや》く指を抜いてくれた。

「あまり何度も達《い》くと、おまえが保《も》たないからな」

「ん……でも、入らないかも……」

情けなくなって、ジルの目からぽろっと涙が零れた。

「え？」

驚いたようにダニエルが言うので、ジルは目を伏せた。

「すごく、挿れてほしいけど……でも、ぼく、ダニエルが欲しくてぎゅうぎゅう締めちゃうと、思う……だから、入らないかもしれない……」

大粒の涙を零して訴えるジルに、ダニエルは呆れ顔になっている。

ほら、呆れられてしまった。

こんな自分じゃダニエルの相手には、不足なのかもしれない。

けれども、聞かされたのは意外な言葉だった。

「おまえ、本当に……素直で可愛いよな」

「そう、なの？」

「俺に見えるように、脚、拡げてみろ。入るかどうか見てやるから」

「うん」

何の疑いもなく、ジルは自分の両手でそれぞれの脚を抱えてダニエルに示す。

「そんなやらしい格好、俺以外に見せるなよ？」

「いやらしいの？」

「すごく」

ダニエルは肩を竦め、ジルの臀部《でんぶ》に手をかけて更に力を込める。

「本当は後ろからのほうが楽なんだけど、おまえの顔を見ながら抱きたい。許せよ、ジル」

「ん……」

ジルはこくりと頷いて、ダニエルがそこに彼自身を押し当てるのを待った。

切《き》っ先《さき》が押しつけられ、緊張に息を呑む。

「好きだよ」

躰を倒したダニエルにそう囁かれ、幸福感にふわっと微笑んでしまう。その瞬間、ダニエルのそれが一気に入り込んできた。

「——……ッ」

言葉にならない悲鳴が、喉から迸《ほとばし》る。

「そうだ、ジル。ちゃんと呑み込んでる。ここまで入れば、あと少しだよ」

「ほ、ほんと……？」

もう、何がどうなっているのか考えることもできないくらいに、どこもかしこもダニエルでいっぱいだった。

「嘘ついたことなんてないだろ」

「そ、だね……でも、おっきいよ……お腹《なか》、苦しくて……だめ、うごいたら、だめ…っ、中、擦れて、あ、あっ、痛い……」

「痛いだけ、か?」

動きを止めたダニエルに聞かれ、ジルはふるっと首を振った。

「痛い、けど、きもちい……ダニエルが中、動くと、ぞくってする……」

「よかったよ」

ダニエルが笑ったせいか、そのまま振動が下腹部に伝わってきて、ジルは小さく喘いだ。

「で、でも、あ、脚、も、だめ……ぎゅって、していい……?」

「いいよ、おいで」

許しを得たジルは安堵《あんど》し、ダニエルの首に両腕を回す。

精いっぱいしがみついて彼を自分に惹きつけると、ダニエルの汗の匂いが濃くなった。

「ダニエル、すごい、また、おっきくなって、あ、そこ、だめ、だめ、変っ」

「変になっていいんだ」

ダニエルもまた声を弾ませ、ジルの中にある一点を狙《ねら》って責めてくる。

変になってもいいと許しを得て、ジルは安心してダニエルの腰に自分の脚を絡《から》ませた。

脚と手に力を込めて密着度を高めると、ダニエルが掠れ声で小さく笑うのがわかる。

「欲しがりだな」

「や、あ、いい、いいっ、何で…そこ、いい、いい……っ、硬いので、して……」

どうして、ここをされるとそんなに感じてしまうのかわからない。

そう思うくらいに、掻き乱されるところがジルの中にあって。

「ひあ、ダニエル、だめ、いく、いきそ、出ちゃう……」

「出していい。そうしたら、俺も出すから」

「ん、ん、ん……ダニエル、好き……出して、中……っ」

ねだるジルが極みまで上り詰め、体内にいるダニエルを締めつけてしまう。

ややあってダニエルがジルの中に放ち、そこが潤っていくのがわかった。

「ダニエル、もう、全部出した……？」

お腹を撫でながらジルが問うと、ダニエルは真顔で首を横に振った。

「まだだ。もっと出したい。おまえがよすぎて……たまらない」

「ん」

唇を塞がれたジルが何かを発するまでもなく、再び硬度を取り戻したダニエルが腰を打ちつけてくる。

肉と肉がぶつかり、掻き混ぜられる音がいやらしく響く。

ダニエルが中をぐちゅぐちゅしてる。ジルを欲しくて、ジルの中に出したくて、一心不乱に責め立ててくれてる。

そう思うと、幸せで、嬉しくて、気持ちよくて。

長いキスのあいだ、ジルは必死でダニエルのそれに舌を絡める。

出して、とキスの合間に囁くと、ダニエルが頷くのがわかった。


ドアをノックしたジルは、そこで深呼吸をする。

「お入り」

群衆が立ち去ったことでだいぶ気分がいいようだという小間使いの言葉どおり、祖母の声は昨日よりずっと張りがあり、はっきり目覚めているようだ。

「おばあさま」

「ジル」

ベッドから上体を起こしたマリーは、ドアを開けて入室したジルを見て目を細めた。

「久しぶりだね」

「え？　あ……はい」

その背中にケープをかけてやると、痩《や》せた肩をジルはそっと撫でた。

「お加減はいかがですか？」

「だいぶ気分がいいよ。昨日の騒ぎは上手く収めたようだこと」

「はい、おばあさま。アルノー家の跡取りとして、上手く処理したつもりです」

「結構」

ジルは微笑み、改めて祖母の傍らに膝を突く。

彼女の手を両手で握り締め、その目をしっかりと見つめた。

「おばあさまに話があるんです」

「話？」

「ヴァレリーが突然、辞めてしまったんです」

「ああ、暇乞《いとまご》いに来たよ。何でも後任はおまえが選ぶとか」

まさかヴァレリーがそこまでしていたとは思わず、ジルは内心で驚いていた。

「はい。不安かもしれませんが、僕に任せてくれませんか？　心当たりがあります」

「…………」

祖母は一瞬沈黙し、それから、頷いた。

「――これからはこの家を取り仕切るのはおまえだよ、ジル。好きにおやり」

「はい！」

これでいい。

この家がどうなっていくのかはまだ不透明だったが、きっと、ダニエルが自分を支えてくれるはずだ。

「では、またあとで来ます」

「そうしておくれ」

祖母の部屋を出たジルは、大きく伸びをする。

少し、緊張してしまっていたようだ。

ヴァレリーがいなくなったあとの家の体制を立て直してから、美人局《つつもたせ》で金を騙《だま》し取った相手には、それを返せるような手立てを考えなくてはいけない。

人数そのものはそう多くないし、学生が多いので居場所はわかっている。そう難しくはないだろうし、そうあってほしかった。

廊下を歩いていると、窓越しにダニエルが誰かと話しているのが目に入った。

「本当に申し訳なかったです、昨日は庭を踏み荒らしてしまって」

「まったくだ。元に戻すのにどれだけかかるか……」

ガラス窓の向こうにいるのは、どうやら庭師のようだった。

「でも、ジル坊ちゃまのためなら仕方ないですからねぇ」

「よかったら今度、温室に百合を植えてくれませんか。ジルに見せたいんだ」

ダニエルはジルに気づいていないようで、楽しげに語らっている。

「百合を？」

「ジルにそっくりだから。凛として、綺麗で、しなやかで……」

褒められているのだと気づいて、ジルは頬が熱く火照《ほて》るのを自覚した。

「ああ、そうですか。それはいい」

庭師が笑う声が、耳を心地よく擽る。

彼が立ち去ったのを窓から確認し、ジルは「ダニエル」と声をかけた。

「ああ、ジル。どこへ行ってた？」

「おばあさまのところ」

ジルはにこりと笑って、ダニエルに近づいた。

「おはよう、ジル。食事は？」

「今からだよ。ダイニングルームに案内する」

「ありがとう」

窓から朝陽が差し込み、眩しいくらいで目を細める。

「そういえば、アンリって学生なの？」

「ああ、何度か落第してるが医学生だ。そのうち医者になるだろうな」

「だったら才能はないかもしれないね」

「どうして？」

「だって、僕のこと女だと思い込んでいたんだよ。足まで見たくせに」

それを聞いたダニエルは破顔する。

「え？　なに？」

「おまえがあまりに可愛いから目が眩《くら》んだんだろう。純情なあいつらしいよ」

「そう、かな」

首を傾げるジルに、ダニエルは「ああ」と目を細める。

「でも、誰かに足を見せるなんてもう二度とやめてくれ」

思いがけず真剣な顔つきでダニエルは言うと、ジルの碧眼をじっと覗き込む。

「いいけど、どうして？」

「嫉妬《しっと》で頭がおかしくなる」

囁いたダニエルは、ジルの顎に手を添えて顔を近づけてくる。

「じゃあ、ダニエルもほかの人の足なんて見ない？」

「おまえが望むなら」

彼がそう告げたので、ジルは満足して「じゃあ、キスしていいよ」と告げる。

「そこはキスしてください、じゃないのか？」

小さく笑ったダニエルが、ジルの唇にそっとくちづける。最初は遠慮がちだったキスはすぐさま深いものになり、大胆で熱いキスに膝が頽《くずお》れそうになる。

ジルは懸命にダニエルにしがみつき、負けずにその唇を貪《むさぼ》った。

百合と恋人

ジルのベッドは広々としていて、二人で寝ていてもまだ空間が余る。

一足先に目を覚ましたダニエルは、自分の躰《からだ》に両足を絡ませるジルを見下ろす。

こうして見ていると、出会ったときよりも少し大人びた気がする。澄んだ碧眼《へきがん》は閉ざされた瞼《まぶた》の向こうにあるので、そろそろ彼の美しい双眸《そうぼう》を見てみたかった。

「ジル、もう起きないと」

寝顔を見られなくなるのは一方では惜しかったが、ダニエルはゆさゆさと彼を揺すぶる。

「ん」

欠伸《あくび》をしながら起きたジルは、ダニエルを見て「おはよう」と微笑《ほほえ》む。

このところ、ジルは急に大人びた気がする。身長も伸びたし、頬《ほお》の線も少し尖《とが》ってきた。

「今日は学校だろ」

「学校なんて行っていられないよ。暫《しばら》く休校だって」

このところの社会情勢の変化は急激で、その原因の一つは軍を率いていたナポレオン三世が投降したことにある。プロイセン軍はパリを包囲し、戦争の終結を待ち受けていたが、すぐさま国防のための新政府が設立されたために終戦には至っていなかった。

「それに、十時から新しい執事を決める面接をしなくちゃ。広告を出したから、希望者が来るはずだ」

「このご時世に悠長な話だな」

「そうだけど、執事がいないとうちは回らないもの。今のところ、うちの工場や不動産は問題がないし」

ここ最近、ダニエルはジルに執事になってほしいと懇請され続けていたが、見習い職人として働いているダニエルにはできない相談だ。そうでなくとも、大学に行っていたぶん、職人としては後れを取っているのだ。立派な職人になって、自分を受け容《い》れてくれた親方に恩返ししたかった。

話を聞けばヴァレリーは執事としてはかなり型破りで、家のこと全般を取り仕切りながらジルの勉強まで見ていたらしい。つくづく、できる男だったのだろう。

そういうわけでジルがヴァレリーに惹《ひ》かれている様子なのも仕方ないと思っていた。それに、自分のような普通の男にヴァレリーと同じ真似《まね》ができるとは考えられない。結局、ダニエルは覚悟が不足しているのだ。

朝食を終えたダニエルは、ジルの家を出発した。

門を抜けようとすると、門番が尋ねてきたと思《おぼ》しき連中に応対をしている。気の早いことに二、三人の男たちが門前で待っており、執事になりたいやつが意外と多いのだなと感心を覚えた。

時間をかけて職場に向かうと、親方がむっつりと難しい顔をしていた。

「おはようございます」

「やあ、おはよう。……じつはね、話があるんだ」

いつもは陽気な親方が、今日は憔悴《しょうすい》しきった顔になっている。それを見て、ダニエルはつい息を呑《の》んだ。

「何ですか？」

顔を合わせるなりの発言に、凄《すさ》まじく嫌な予感がしてくるが、一応は素知らぬ様子で聞き返した。

「パリを包囲されたせいで、物資の供給が途絶え始めたろう。今はいいが、下手をすると立ちゆかなくなる。戦争が始まったときから注文が減っていたからね。もう、一人でこなせる程度しか残っていない」

「わかりました」

「くびということじゃないんだよ。ただ、おまえを雇っておいても仕事がないのはつらいんだ。おまえは生真面目で、いいやつだからな」

「いいんです、気にしないでください」

ダニエルは小さく笑って、そして「最後に仕事場の掃除をしますね」と告げた。

「店を再開するときは必ず呼び寄せるよ」

「はい、待ってます」

実際、パリを包囲されてからというもの市外からの物流が滞り、全般的に物資が不足しつつある。こんな状況では、如何《いか》にブルジョワジーといえども高級な時計など、買う気にもならないだろう。

この状況にパリの住民は少しずつ苛立《いらだ》ちを強め、その怒りは政府へ向かっている。もし今、ルネのあの事件が起こっていたら、単に家を包囲されるだけでは終わらなかっただろう。ルネは血祭りに上げられていたに違いない。

複雑な心境でジルの邸宅へ戻ったダニエルは、玄関ホールにずらりと並んだ人の数に驚愕《きょうがく》する。おそらくまだ、二、三十人はいるだろう。

あたふたと従僕の一人が対応に当たっており、妙な熱気が立ち込めていた。

おまけに列の中から明るい声をかけてきた人物に、ダニエルは目を瞠《みは》った。

「やあ、ダニエル！」

「アンリ⁉　どうしたんだ⁉」

「どうって、面接だ。今日はそのために来たんだ」

一張羅を身につけたアンリは、面接には相応《ふさわ》しい格好をしている。まさか、こいつも面接を受けに来たのかとダニエルは口をぱくぱくさせた。

「待て、どうしておまえが……いや、おまえ、それ以前にまだ学生だろう⁉」

そもそもアンリは革命に燃えているのではなかったか。確かに今回の戦争のせいでなし崩し的に事態が変わりつつあるが、それにしても。

「いや……ちょっと。このところの情勢の変化で、仲間内でも意見が分かれてね。それで、少し疲れてしまったんだ」

やはり、新政府設立の件で、アンリたちは目標を見失ってしまったのだろう。

「だから、彼に会いたくなった。一目で恋に落ちてしまったあの人に、ジル君はよく似ているんだ」

頭を掻《か》くアンリは、見るからに照れている様子だった。

――そういえば、ジルが女装しているときにアンリに足を見られたと言っていた。

はにかんだようなアンリの表情に、ダニエルは厄介な事態の予兆を覚えてしまう。

「革命はどうなるんだ？　それに、ジルに会いたければ……」

だめだ。

いつでも会いにくればいいなどと言えば、間男候補を家に堂々と出入りさせる羽目になる。

それだけは絶対に許せないと、ダニエルは決然と首を振った。

ここではアンリにジルを諦めさせるに限る。

「迷ってはだめだ、アンリ。おまえは俺たちの夢を託した男だ。だから、こんなところで色恋を選んではいけない」

「ダニエル……」

真顔になったダニエルの言葉に、アンリは頬を紅潮させた。

実際にダニエルはそう思っているし、アンリならこの国を導く政治家になれるだろうと確信している。

だが、今回の説得にはかなり私情が入っていたのもまた事実だ。

「――そう、だな……おまえに言われて目が覚めた」

アンリは不意に真顔になり、そして、大きく頷《うなず》いた。

「確かに、私にはやるべきことがある。ここで迷ってはいけないな」

さっぱりと笑ったアンリは「ありがとう」とダニエルの手を握り締めた。

じつのところアンリなら才能があるし、執事の役柄も無難にこなせるだろう。

けれども、アンリのように有能な男が一日中ジルのそばにいるのかと思えば、いても立ってもいられない。

結局、その日のうちで面接は終わらずに、残った人々はまた翌日来るようにと従僕によって言い渡されて不満げにぞろぞろ帰っていった。

ジルのいる書斎へ向かうと、彼は椅子に座ってぼんやりとしている。

「ジル、お疲れ様」

「あれ、ダニエル、帰ってたの？　早かったね」

顔を上げたジルは、はにかんだような笑顔を見せてくれる。疲れているだろうに、そんなところにジルの優しさが見えるような気がした。

「あ、うん」

「どうかした？」

少し疲れた様子のジルが首を傾《かし》げたので、ダニエルは彼につかつかと近寄った。

「執事になりたいんだ」

「うちの？」

「ほかにどこがある」

「だって……いいの？」

「ああ。踏ん切りがつかなかったけど、決めたよ。おまえが雇ってくれるなら、ここで一から勉強させてくれ。俺を雇ってほしいんだ」

膝を突いたダニエルは、椅子に腰を下ろしたままのジルを真剣な面持ちで見上げた。

またしても自分の進路を変えてしまうことになるが、この物騒なご時世だ。今は片時も離れず、愛するジルの側にいたい。それにジルも、自分を求めてくれているのだ。

「ありがとう、ダニエル」

「どういたしまして。でも、おまえのためじゃないよ」

それは自分のためだ。

美しく素直なジルに悪い虫をつけないための工作だった。

「でも、引き受けてくれると思ってた」

「そうなのか?」

「うん。おばあさまにも、言ったんだ。ヴァレリーが辞めたけどあてはあるって」

ダニエルを見つめ、ジルは悪戯《いたずら》っぽく笑う。

何だ、そういうことか。

結局自分もジルに踊らされていたというわけか。

でも、この百合のように美しい御曹司《おんぞうし》の言うことならば、聞いてしまうのも道理だろう。

何しろ自分は、彼にすっかりまいってしまっているのだ。

「本当に、俺は……おまえに弱いな」

「何か言った?」

キスの合間に不思議そうな顔をするジルにやわらかな笑みを浮かべ、ダニエルは首を横に振る。

これから先、何があるかわからない。どんなことが起きるのか、誰にもはっきりとしたことは言えない。

だからこそ、ジルのそばにいたいのだ。

その決意を新たにし、ダニエルはジルの華奢《きゃしゃ》な躰を強く強く掻き抱いた。

あとがき

こんにちは、和泉桂です。

このたびは『百合と悪党』を手に取ってくださり、ありがとうございました。

本作は「外見は似ているけれど、まるで違う状況の二人」という自分の最大の萌えツボに加え、好きなものをがしがしと投入してみましたが、お楽しみいただけたでしょうか？

舞台は十九世紀のフランスと言いつつもある意味では架空時代物に近い部分もあるので、重すぎずダークすぎず、読後感がいいものになるよう目指しました。

この時代は新旧の価値観が混じり合っているし、衣装萌えの心も満たしてくれるので大変満足でした。ペチコートとコルセットはすごく萌えるので、資料を拝見しているだけでも楽しかったです。

ちょっとクラシカルな世界観を堪能していただければ、とても嬉しいです。

ダニエルみたいな優しい攻を書くのは珍しいので、ひたすら新鮮でした。とはいえ、実際のところ悪党は大袈裟で『百合と時計職人』なんじゃないかと思いましたが、それだと格好がつかないので……（笑）。ジルは好きなタイプなので、書いていて楽しかったです。対照的にルネとヴァレリーはあまり書き込まないようにしたので、こちらの二人は次作でたっぷり書き込んでおります。

この小説を書くためにたくさんの資料を読んだので、とても久しぶりにフランスに行きたくなりました。パリといえば、昔、友達と旅行していて列車で夜遅く到着したことがあります。レストランもお店もほぼ閉まっていて、一軒の閉店間際のビストロしか開いていませんでした。時間的に自分たちが唯一の客だったのですが、店主が問題ないと笑顔で迎え入れてくれてほっとしたものです。そのとき飲んだワインがとても美味しく、あっという間に飲み干してしまいました。以来、その味を忘れられず、共に旅行した友人と同じ銘柄のワインを何度も飲みましたが、どうあっても最初に飲んだワインを越えるものには出会っていません。

またあのお店に行きたいけど、残念ながらどこにあったのかも覚えていないのでした。


最後に、お世話になった皆様にお礼の言葉を。

挿絵を引き受けてくださった花小蒔朔衣様。以前から一度挿絵をお願いできたらと思っていたので、今回機会をいただけて大変嬉しかったです。ぜひ女装を描いていただきたいと鼻息荒く、この話を考えました。素晴らしいイラストの数々、見惚れてばかりでした。どうもありがとうございました！　大変ご迷惑をかけてしまって恐縮ですが、次作もよろしくお願いします。

本作を担当してくださったO様とA様及び校正、印刷所の皆様。どうもありがとうございいました。特に校正者さんには今回本当に助けていただき、有り難かったです。

最後に読者の皆様にも厚く御礼申し上げます。今回も趣味に走った作品ですが、お手に取っていただけてとても嬉しかったです。ありがとうございました。

次作はルネの側からこの時代を描いた『薔薇と執事』になります。片方だけでも楽しめるように書きましたが、できましたら、ルネの物語も読んでいただければと思っています。

それでは、また次の本でお目にかかれますように。

主要参考文献
「普及版　パリ歴史事典」　アルフレッド・フィエロ著　鹿島茂翻訳（白水社）
「馬車が買いたい！」　鹿島茂著（白水社）
「明日は舞踏会」　鹿島茂著（中央公論新社）

✦初出　百合と悪党……………書き下ろし
百合と恋人……………書き下ろし

和泉桂先生、花小蒔朔衣先生へのお便り、本作品に関するご意見、ご感想などは
〒151-0051 東京都渋谷区千駄ヶ谷 4-9-7
幻冬舎コミックス　ルチル文庫「百合と悪党」係まで。

幻冬舎ルチル文庫

百合と悪党

2013年8月20日　第1刷発行

✦著者	和泉 桂　いずみ かつら
✦発行人	伊藤嘉彦
✦発行元	株式会社 幻冬舎コミックス 〒151-0051 東京都渋谷区千駄ヶ谷 4-9-7 電話 03(5411)6431［編集］
✦発売元	株式会社 幻冬舎 〒151-0051 東京都渋谷区千駄ヶ谷 4-9-7 電話 03(5411)6222［営業］ 振替 00120-8-767643
✦印刷・製本所	中央精版印刷株式会社

✦検印廃止

ISBN978-4-344-82905-3　C0193　Printed in Japan

『七つの海より遠く』

帝都の男子校に通う夏河珪は、ある日〝父親が行方不明になった〟という電報を受け取る。英国で〝機関《エンジン》〟の研究をする父・義一の身に何が……!? 女学生姿で同級生の妹になりすまし、正体を隠した珪は英国行きの船で父の元へ向かうが、急な嵐により難破。海に投げ出された珪を助けたのは、華やかな存在感を持つリベルタリア号の船長・ライルと名乗る男で……。

和泉 桂
イラスト コウキ。

620円(本体価格590円)